图书在版编目(CIP)数据

旧欢/子沫著.—武汉:武汉大学出版社,2014.1
六书坊
ISBN 978-7-307-11935-2

Ⅰ.旧… Ⅱ.子… Ⅲ.随笔—作品集—中国—当代
Ⅳ.I267.1

中国版本图书馆 CIP 数据核字(2013)第 251934 号

封面图片为上海富昱特授权使用(ⓒ IMAGEMORE Co., Ltd.)

责任编辑:黄　殊　　责任校对:鄢春梅　　版式设计:韩闻锦

出版发行:**武汉大学出版社**　　(430072　武昌　珞珈山)
　　　　　(电子邮件:cbs22@whu.edu.cn　网址:www.wdp.com.cn)
印刷:湖北知音印务有限公司
开本:880×1230　1/32　印张:6.5　字数:113 千字　插页:3
版次:2014 年 1 月第 1 版　　2014 年 1 月第 1 次印刷
ISBN 978-7-307-11935-2　　定价:18.00 元

版权所有,不得翻印;凡购买我社的图书,如有缺页、倒页、脱页等质量问题,请与当地图书销售部门联系调换。

编委会

主 编 张福臣

编 委（以姓氏笔画为序）

文 祥　艾 杰　刘晓航　张 璇

张福臣　周 劼　郭 静　夏敏玲

萧继石　落 子

在这个快捷凶猛的时代，那些清淡的爱情早已离我们远去，但是我们想以另一种方式记录它们，相信时间是有光泽的。杜拉斯说，我们终其一生，不能失去对爱情的癖好。爱情，某些时候，是一种信仰和漫长岁月的自我成全，它是一种永恒。这也是我写作这本书的目的，在这个浮躁的年代，让我们安静地发出一些不一样的声音……一如胸口的一颗小小的朱砂痣，静水才能流深。

目 录
CONTENTS

岁时·陌上初熏

小街 002
十年 010
九月的爱情田埂 018
你的风景我的背景 026
怀念那些肌肤光鲜的日子 034
鸡蛋花开十一年 040
那些意外的春天 048
嘴唇里的阳光 058

清欢·分携如昨

有关"腌笃鲜"的记忆 068
怀念黎里5月清风 076
最好的东西都不是独来的 084

目 录
CONTENTS

怀念四合院怀念爱　092
微风大道的冰凉眼泪　100
茶绿色的小炎　108
那一缕徐家汇的阳光　116

秋凉·往来如梭

那场茶式之约　124
这日子，总是如石头那么凉　132
好男人都是寂寞的　142
世上永远少一个瑜伽女人　150
请放过中年男人的无名指　160
老方，要坚持要纯粹　168
惊天动地，抵不过一张舒服的笑脸　174
去沙面看看你　184
相约变老　190
禅心已失人间爱　198

岁时·陌上初熏

>>>

<<<

小街

17岁的小街已经离我很遥远了，我的青春岁月已踮起脚尖静悄悄走过了，我只能在记忆中默默地怀念它。

那个年代，我的记忆是与小街相关的。那一条条瘦长的小街像一双双忧郁的眼睛见证了我所有的青春岁月。那时候，学校的大门口是几条细密的小街：一条有许多小吃摊；另一条是一家家校园特色店，专门为校园的女生们流连的；还有一条可以通向江边，还没走到路口，已经有凉凉的江风吹来，夹杂着潮湿的空气，路边有懒懒的垂柳，风吹来风情万种的模样。那几条小街在我的青春岁月印下了一道道的褶，构成了我大学时代的全部风景。

大一时，我不怎么爱说话，也不爱吃学校的饭菜，常常一个人拎着饭盒去学校后门的小街上溜达。

那时我穿果绿色的八片裙，纤纤细细，一阵风吹来，整个人就像飘起来了。我慢慢地走向街对面那家汤圆摊，要五只汤圆，我喜欢坐在树下剥漆的桌子上，轻轻地跷着腿，看着阳光透过树梢斑驳地洒在我那双浅米色的凉鞋上。黑黑香郁的芝麻流出来熨帖着胃，热气在舌尖打转，很好很好吃，吃完后我还会再喝一碗汤圆汤，看着过往的陌生行人，以及自行车骑过后扬起的微尘，想着若干年后自己的模样。

那时我的青春几乎是与食物相关的。街角还有一家店的烧饼很好吃，很多年后再也没吃过那样的烧饼。松松软软，一咬似乎就有汁流下来，才两毛钱，我在吃完汤圆后经常站着巴巴地等着烧饼烤好，心里想着如果将来有爱我的人，我和他一起相依吃烧饼也会是一件很幸福的事。

那时，小街上有很多我们学校的学生。那些高年级的男生经常会在小吃店里喝酒，眼光有一搭没一搭地掠过我孤单的背影，我知道那时我多少有些引人注目，因为我的形单影只，因为我甩着腿很惬意的模样，因为我清秀的眉眼还有忧郁灵动的气息。我经常咬着那可口的烧饼，用安静的眼光去迎接他们暧昧的目光。那时我怎么也没想到自己也会成为别人眼中的小街风景。

我爱的男孩出现了，他就是在小街上喝酒发现我的。在一次校团委会上，他看到我，走过来和我一起倚在窗口看校园西面的紫荆花藤，突然笑着对我说："你知道吗，当时你穿果绿色八片裙，风吹起时，你满不在乎地啃着烧饼，我们那一桌的男生都说这女孩真的很特别，是小街的一道风景呢。"说完他笑笑就走了。我却愣住了，没想到，我自己也会成了小街的一道风景。那会儿脑海里却清晰地记得街角的音像店里传来的罗大佑的歌：春天的花开秋天的风以及冬天的落阳，忧郁的青春年少的我曾经无知的这么想……过去的誓言就像那课本里缤纷的书签，刻画着多少美丽的事可是终究是一阵烟。

我只能说那样的恋情,现在想起仍会心疼。

后来我知道了他叫刘康。那喜欢和我一样穿白衬衣,有好看的酒窝,还有微卷的头发,以及害羞笑容的男孩,都是那么地让我喜欢。那时候,我常常会感谢上天让我拥有他的爱,他常常牵着我的手漫步在小街上,只因为我喜欢。我们最常去的是那一条通向江边的小街,有风吹过时,他总是把我裹在他的风衣里,像拥着一只小鸟一样保护我,那一刻我的心几乎柔软得听不到声音。

有一个春日的夜晚,灯影闪烁的街角,我们慢慢地说着话,那个男孩突然拉住了我,低下头在我的唇上吻了一下。我的身体几乎要跌倒了,那就是我的初吻,它有些笨拙,我记得当时小街上一个人也没有,只有暗夜里的路灯拉长了我们的身影。我的眼睛一刹那湿透了。是一种属于17岁纯净的幸福。

恋爱后,我常常在镜前流连,以什么姿态出现在我心爱的男孩面前呢?于是,我便经常拉着好友小银的手去校门口的另一条小街流连,那里有一些不大不小的店面:好看的格子衬衣,还有灰绿的长裙,印花的小背心,都是那么地让我满心欢喜。

中午午休的时候,我们溜出校门。午后的阳光是安静的,天空蓝得像块易碎的玻璃,我们走进那家叫"清香栀子"的小店,店里的老板娘多半在打盹。那件有着漂亮蝴蝶结的白衬衣轻快地跃入了我的眼帘,我欢喜得心儿怦怦,试着来回在镜前摆动,那个胸前蝶舞飞扬的女孩是我吗?门外大树上的蝉声一浪接一浪,那个夏天浅浅的身影浓缩了我少女时代的回忆。

那一个雨后初晴的夏夜,我就是穿着那件有蝴蝶结的衬衣满脸绯红地出现在我亲爱的刘康面前,他停顿了半刻,说了句:"你真好看。"然后我们一起去了小街西侧一家小小的琴行。静静地听那个年轻的男孩弹奏那曲《绿袖子》,一首伤感的英国民谣,那个男孩的眼神迷离,雨后的空气中弥漫一种淡淡怀旧的气息。就为了那首曲子,我买了一把吉他,和刘康在漆黑的操场上,望着天上的星星拨弄着流动的情愫,那是我们那个年代青春的一种代名词,在暗夜里拨弄它,我初恋的心如流水温柔地荡漾开来。

6月要去上海毕业实习。

那天晚上有满满的月亮,小街显得有些冷清。我当时脆弱得像是婴儿,心里是种种的不舍,眼泪大滴大滴往下落,刘康不停地给我擦眼泪,那时我把头靠在他肩上久久不肯离去,看路灯把我们的背影拉长再缩短。那段时间我总是在宿舍关门时才翻铁门进去,就因为小街和心爱的男孩。我想刘康和我一样不会忘记当时小街的背景音乐,那是高晓松的歌:我是你,闲坐窗前的那棵橡树;我是你,初次流泪时手边的书……

实习回来后,我发现一切都变了。我心爱的刘康要去远方,他甚至没有告诉我,我只是一遍遍地问他,这一切不是真的,可是他是那么决绝。分手的那一天是我一个人走完小街的,小街树影婆娑,星月惨淡,我的泪流了一遍又一遍,灵魂出窍。如今我已平静了很久,现在回想起来,我的初恋依然是那么美丽,它是什么样结果已不重要,它真的已经成为了人生的一个背景,我将在心里悄悄地把它化作了一个永恒的符号。

毕业了,刘康比我先离校。他走后,我越发觉得伤感的离别气息弥漫了小街绿色的上空。我们班的分别宴会选在了小街尽头的一家小餐厅,没有招牌,菜的味道却不错,价格也便宜。

夏天天很热,小店没有空调,我们把桌子搬到了街面上,窄窄的,经常会有自行车擦身而过。那一天吃的是什么已不记得了,眼底心里是满满的离愁别绪,我平生第一次喝下了整整一瓶啤酒。女生都哭了,开始时我一直看着,不说一句话,到最后眼泪流在了身边一个男孩的手心,若干年后,他还开玩笑地说:"你是第一个把眼泪流在我手心的女孩。可惜你都不记得我叫什么。"是的,我记得那一天我在醉酒后才流出了泪。

喝完酒后,我们几个人在小街走,我们相约要走完那条街道,作为临别的一种纪念。那天晚上,天上是密密的星,偶尔会有江风吹过我们的头顶,有躁动不安的气息。路的尽头是当时这个城市仅有的一家露天影院,好像是专门为学生开放的。记得那一天是放映的是《滚滚红尘》,一部让人流泪的爱情影片,那时女主角踮着脚踩在男主角的脚背上,和他一起慢慢地跳,所有的离愁别绪一下涌上心头,我旁若无人地泪流满面,带着温润气息的江风吹干了我的眼泪,为青春,为稚嫩却又纯真的爱情。"来易来,去难去,数十载的人世游,分易分,聚难聚,爱与恨的千古愁……"过去了,都过去了。

  如今,走在上海南京路上巴黎春天的街口,我已经有了矜持疏离的笑容,青灰色的搭扣鞋一尘不染。17岁的小街已经离我很遥远了,我的青春岁月已踮起脚尖静悄悄走过了,我只能在记忆中默默地怀念它。

<<<

十年

《半生缘》里张爱玲有一句话：对于中年人来说，十年八年弹指一挥间；而对于年轻人来说，两年三年就好像是一生一世。

电　话

分别十年后的一天，一点没有预感地接到李钊的电话。许黎一下就愣住了，直到他报上名字，许黎还没有缓过气来，嗫嚅了半天，才说了一句：还好吗？心里却是万马奔腾。十年啊，差不多有十年未见，他们都已为人母为人父了。李钊说了他住的位置，许黎又是一愣，离她单位很近，他说："怎么从来没遇见过你？"许黎溜到嘴边的一句话没说出口："近在咫尺，远在天涯，这就是没有缘分吧。"李钊的孩子已经三岁多了，谈了一下孩子，许黎平静地放下了电话，坐在位置上发了一会儿呆，突然想起几米的漫画：用同一个电话局的电话、吃同一个菜场的菜、踏过同一条落叶大道，听过路边的同一首歌，下雨时拦过同一辆的士，却从来没有相遇过，这也许就是命运吧。

相　遇

第一次见李钊时，他穿白衬衣，有酒窝和微卷的头发，而许黎那时穿一套松蓝色的长裙，清汤挂面的头发，简简单单戴一个缅甸玉镯，冰白色，飘着一缕豆青，愈发衬得皮肤透明。天空很蓝，春天有一种浅淡的香气，樱花是潮湿的，风一吹便落了下来。李钊坐在台阶上喝一瓶水，看天空的盘旋的鸟群，微笑的眼睛让许黎羞涩地看他第一眼开始，便开始了他们的故事。

李钊第一次揽许黎肩膀的时候就被同学看到了，后来他们开玩笑地说，你们可真好啊，你知不知道李钊像你的一件衣服，把你罩住了。这话后来被传为笑谈。那时李钊的块头不小，而许黎却是小鸟依人的模样，自然是被他罩住了。

自 行 车

若干年前，李钊骑着自行车走在弯弯的田埂上时，许黎坐在自行车横梁前伸开双臂快乐地笑，白衣花裙，明眸皓齿，青青稻花香气扑面而来，伸手可及的绿树花枝，自行车在路上碾过一道道痕迹，链条带出的轻微声响，像触摸内心的皱褶，熨帖细腻。一切是那么的阳光灿烂，自行车就是他们快乐的元素，一些简单的小吃晃晃悠悠地拿在手里，在水边宽阔的草地上停下来，背靠背看远山近水。记得那时喜欢这样一首诗"一望二三里，烟村四五家，门前六七树，八九十枝花"。所有的一切都尽在不言中了，有些东西是因为简单而直抵灵魂的。他们的自行车就那样静静地停在青草地上，成为一个绝好的背景，一朵小小的雏菊在许黎耳边散发着静静的香味。

那时，他们没有钱吃大餐，却可以骑自行车去小街小巷找各种特色小吃，那是其他交通工具所无法企及的。有一条小巷叫绿苔小巷，很好听的名字，听人说那里有一家店的牛骨头很好吃，李钊骑自行车带许黎去找，在小巷里穿来穿去。满满的期待中，那家小小的店面终于出现在他们面前了，干净朴素，好吃的牛骨头，嫩嫩的鸡爪，喷香的小米粥，还有脆脆的泡萝卜，清香可口，一切都是那么地让许黎满心欢喜，对面的李钊因为骑自行车渗出细密的汗珠，正冲许黎宽厚地笑，那时许黎就想：这种家常小小的幸福，我会一辈子喜欢。

秋天，李钊在自行车前面装了一个大大的筐子，走在密密的梧桐树下，大片的叶子飘落在车筐里，他们忘情地呼吸，生活每天都在更新，麻质丝巾轻抚着许黎的脸庞，她突然就有些泪湿：我真幸福，这个世界每一种幸福都有幸福的理由。

直到现在，许黎依然对那种简单朴素的幸福心怀感激。

露天电影院

校园后面小街的尽头有家小小的露天影院。一到夏天时，影院外面就开始有各种小吃：五毛钱的爆米花、小袋瓜子、还有烤得松软的两毛钱的小烧饼，远远就有好闻的面香。大二的那个夏日黄昏，许黎在宿舍的楼道间冲凉后，会点一滴花露水在手腕上，清清浅浅的香味穿行在许黎的脉搏裙裾间，及腰的长发湿漉漉地在碎花长裙上披散开来，风一吹轻舞飞扬的样子。直到现在，许黎都认为那才是看电影的最佳姿态，那是生命中一些美好而又闲适，和着温情细节的年代啊。李钊牵着许黎的手去看电影，他们在露天影院门口买一个好吃的烧饼，坐下后，天慢慢地暗下来了，云朵大片大片穿行，花露水的香味在风中轻浅地移动，李钊看着许黎笑，抚摸许黎的湿润长发，长裙上的蓝色暗花若隐若现。电影上演了，一部电影就像一种生命的穿行，像水墨汁一样安静地流淌。

那时许黎是个极易被打动的女孩。《罗马假日》里的派克和赫本对视的眼神，至今被许黎认为是一种传奇，最后赫本的一个转身，在派克静静注视的眼神里许黎泪流满面，情节是简单的，而空间是演绎无限的。至今看电影许黎都不是太注重情节，更重要的是一些画面和音乐给许黎带来的享受和心灵的某种共鸣，这已足够了，这些东西如今想来只有电影能那么和谐完整地给予许黎。就像许黎与李钊青春的爱情。

总记得那个月朗星稀的秋夜和李钊在露天电影院里看张艺谋的《摇到外婆桥》，夜色中淡蓝色的芦苇湖梦幻般地笼罩着，芦苇摇曳，还有飘飘渺渺的怀旧的音乐响起，直抵内心深处最柔软的角落。许黎整个就沉浸在画面里了，她一次一次紧握住了李钊的手，风吹来,李钊用风衣裹紧了许黎。在那个小小的电影院里,许黎看了《魂断蓝桥》、《柏林之恋》、《美丽人生》,还有至今只有画面和声音忘记了名字的影片。看完电影后,李钊送许黎回去,路上行人很少,散场后许黎久久地沉浸在一种未知的情愫里不能自拔,她把头靠在李钊的肩膀上,月亮在云朵里自由地穿行,生命的轨迹在某个时刻就成了一种胶片般的定格。李钊总说你真是个多愁善感的小女人,许黎无声地叹息。就像很久以后看张曼玉主演的《甜蜜蜜》,张曼玉坐在黎明的车后双腿一甩一甩的,许黎想起了若干年前她坐在李钊的自行车后的模样,一下就落泪了。

生命中有些东西不可替代,比如电影,比如和电影相关的爱的细节,还比如刹那的感动。

客　　栈

大三的暑假,他们一起去了大理旅行,那是许黎和李钊在一起唯一的一次旅行。他们住在一家带小院的客栈里。花费不多,环境清雅。看到小院的第一眼,他们轻轻拥抱了一下。那个小院符合许黎一直的梦想,青砖瓷白的底色,盆栽和绿化树交相掩映,鸟儿的叫声断断续续,弯弯土路掩映在树木深处,阳光一览无余。那时,他们并不像现在年轻的大学生那么开放,他们分住在隔壁的两间小房,敲敲墙壁就能听到声音。

白天,许黎和李钊一人搬一把椅子坐在院子里晒太阳，他们的手握在一起。那时许黎笑着对李钊讲："以后我们要有个这样的小院，生一堆孩子，你整花，我带孩子玩，多好啊。"李钊刮着许黎的鼻子笑。这样的戏言如今想来让人有些惆怅。

在大理的那几天，他们白天去散步，踏着青青石板路走很远后，许黎停在远处歪着头冲李钊笑；中午回小院吃农家饭，甜甜的青菜，香香的豆瓣酱，李钊给许黎夹菜时的微笑……

大理的月光很亮。晚上，他们坐在小院中看月亮，李钊用胡子蹭许黎的脸，他们聊着一些不着边际的话，泥土和草汁的香味纷至沓来，李钊把许黎的手放在嘴边说：宝儿，我用什么来爱你？那时，他们爱得找不到表达的方式。

很晚了，他们进入各自的房间，许黎久久睡不着，和李钊玩着敲墙壁的游戏，用手说话。被子有土布的味道，她终于枕着月色和爱情甜甜地睡去。

离　　别

相恋三年后的分手有些在预料之中，又猝不及防。至于原因，已经没有再提及的必要，只能说当时他们都太年轻吧，太珍惜却一不小心就变成了错过。现在回忆起来只记得一个细节，最后一次一起吃饭，他们低着头说再见，许黎没有上公汽，独自一个人走了很远，那是个很黑的夜晚，许黎没有回头看他是不是跟着自己，一切都不是太重要，重要的是他不会再揽着她的肩膀了。半小时后，许黎走到了另一个公汽站，胡乱上了不知开到哪里的公汽，人有些多，没有座位，刚喝的酒才涌上心头，翻江倒海般地难受，许黎站不稳了，对座位边上的人说："能给我让个座吗？"坐下去了后，泪水才汹涌而出……

重　逢

2004 年的春天，天气像握在手里的青瓷花瓶，凉凉冷冷。许黎牵着儿子的手路过麦当劳，正和儿子说话，却蓦然发现了橱窗后的李钊和他的女儿，他正把土豆泥喂到他女儿口里，多美的画面啊，许黎怔住了，直到他抬起头，看到许黎，他同样也愣了，露出了带酒窝的笑容。许黎走进去，拍了拍小女孩的笑脸，递了一包薯条给她，让儿子和小女孩说了再见，转身时，许黎的眼睛有泪水涌出。十年，《半生缘》里张爱玲最后有一句话：对于中年人来说，十年八年弹指一挥间，而对于年轻人来说，两年三年好像是一生一世。那一天，许黎记得他们分开时说的一句话是：大家平平安安就很好。是的，他们在同一个城市，大家都在幸福地生活。这已经很温暖。对于过去，他们由衷地保留一份惦念，心怀感激，已经足够。

在人生的另一个十年开始时，她写下了这段文字作为人生的一段纪念。

<<<

九月的爱情田埂

"对不起,我的爱已经给出了,所以没有多余的空间给你,我们的感情注定流离失所,请原谅一个男人发自内心的真实。"

读大学时,校园位于郊区,四周有许多农家的田地和池塘。天气晴好时,青云总喜欢一个人去散步。

有一个周日,同寝室的女生都出去约会去了,青云一个人在宿舍呆得无聊至极,看看窗外的蓝天和飞来飞去的鸟儿,她再也坐不住了,秋天日短呐,出去走走吧,总比一个人傻待着好。

她换了一双轻便的运动鞋,随便披了一件粉蓝色的毛衫,在镜前把长发编成一根长辫就出门了。

出了校门,青云沿着一条岔道慢慢地走了田埂,边上是大块大块的水田,还有一片一片的湖水,天很蓝,蓝得晃眼,泥土的香味让青云忘情,她伸开双臂舒适地走着,陶醉在一片金黄的秋色中,没想到脚一滑,掉进了田埂边的泥地里,脚上沾满了湿泥。

忽然,青云用余光看到一旁的池塘边坐了一个人,并且在看着她,青云一下抬起了头,余林就是那样出现在青云眼里了,有善良目光的男人,笑容温润,对这样的男人青云有着天生的好感。他正在钓鱼,青云发出的声响把他的鱼吓跑了,在明白是怎么回事时,他们相对而笑。

青云坐在草地上看他钓鱼,他们就那样长时间没发出声音，只感觉到麦香味一浪接一浪地传来。青云望着他的钓鱼竿说："你还真会选位置，这么好的天气，这么与世隔绝的地方。"他笑了："为什么会说我会选位置，你不也一样吗？"青云也笑了。

他是青云学校的哲学老师，妻子暂时还没调过来，因为带的不是主课，所以有大把的闲暇时间可以消磨，钓鱼只是他的爱好之一。

"你呢？小姑娘？"他叫青云小姑娘，青云只是外语系的学生，与他不搭界的。但青云没有言语，只是说："教我钓鱼吧，我这人对这些浪费时间的爱好特别有兴趣。"他哈哈大笑，说，小姑娘，真有个性。

青云记得那一次，和暖的阳光下，他那件蓝底白碎花的衬衣跃动得满目流淌。他带来了盒饭，邀请青云一起吃，青云一看，煎鸡蛋海带豆腐还有泡菜，还挺丰盛，青云伸伸舌头，说了一句："还是你吃吧，我的胃口特别好，一会儿就没你的份了。"他笑笑说："我早上吃得晚"。

青云没有再推辞，当然没忘了给他留一半。这是青云第一次和素不相识的人一起吃饭，可能因为是这馨香的麦地的风景，那时田埂的轻风吹过，拨弄着青云的发梢，秋日的风景是无边无际的浅黄。青云想这也许就是缘分吧。

他们微笑着在校门口告别。

半个月后的一天，在一个没课的午后，青云突然有些心烦意乱，就想出去走走，没想到又碰到了余林、他还是在老位置坐着独钓一池秋水、那是青云给他的称谓，他后来想想说真是经典，有诗意。

他们坐着聊天，他问青云："为什么老是一个人？没男朋友吗？"青云摇摇头。青云对她们班那帮毛头小伙真的不太感兴趣，追青云的人倒是不少，那时青云就想宁缺毋滥。

那天，青云穿着一件灰色套头衫，头发用手帕随意扎着，脸色像是青瓷娃娃，冰冰凉凉干干净净。那时青云不是很漂亮却是个特别干净的女生，她找不到更好的词评价自己。青云觉得很多人都不能用干净来形容：脸上没有一点瑕疵，眼睛也很亮很透明，头发梳得光光溜溜，没有一丝杂乱。

青云把自己的脸裹在毛衫里，看着他的鱼竿，秋风吹皱一池水，真的是那样啊，这样安静的时刻多好啊。他偶尔扭头看青云笑，他开始教青云钓鱼，他们的手有了不经意的触碰，青云的心动了一下，这个同样干净的男人那温和的气息是那样重重地包裹在她的周围。

那一次，他同青云谈起了他妻子，他说很爱她，两个人却迟迟调不到一起，他的妻子怕他照顾不好自己，每天晚上睡前把简单搭配的菜谱给他发过来，让他照着做。因为简单，也因为有时间，他就一板一眼地照着做，倒是很有乐趣，身体也变棒了，他觉得自己真是个幸福的男人，有个清闲的工作还有一些闲情逸致的爱好，当然还有那么关心他的妻子。

说着说着，鱼竿动了，他用力一提，鱼起来了，青云却被带倒在地，他赶紧去扶，青云的心重重地又动了一下，青云的直觉告诉她，她有点喜欢这个才见了两面的男人，像她这样的女人不太轻易会交男友，爱上一个男人却几乎是一瞬间的事。

那天，走在回校的路上，青云突然回过头说了一句："不请我吃一吃你做的菜吗？真的很好吃。"他沉默了半刻，说了一句："下回吧。我带给你吃。"青云知道了他的想法，说了一句："你和我想象的没什么两样。"她优雅地说了一声再见，九月的风里，青云感到自己泪流满面，不是因为委屈，而是别的什么说不清的原因。

九月底的一个周末，拒绝了一位同乡男孩的邀请后，青云又去了那个九月的田埂，那个男人会在那里吗？青云如愿以偿地看到了他的背影，她站在田埂上没有惊动他。那时金黄色的田地散发着淡淡的麦香，远处池塘里闪着点点光影，她喜欢的男人穿着米色干净条纹的衣服，多美的风景啊。青云有些贪婪地呼吸着，没想到他突然转过了头："你好像来了很长时间。"他指指地上的饭盒，说了一句："答应给你带吃的。猜你今天会来。"青云打开了饭盒，嫩豌豆尖煎鱼块，黄豆汤，青云闻了闻："是你的妻子给你配好的吗？"他点点头:"我这人没什么花样,真是难为她了,倒锻炼了我的厨艺。"

青云吃着吃着,眼泪却叭叭地掉了下来,这么好的风景,这么好吃的盒饭,这个男人却不属于她。他是个聪明的男人,装作没看见,只是自顾自地说话,青云突然说了一句:"在你妻子之外你有没有爱过别人,或者有没有人爱过你。"他回过头来望青云,说他只是个结了婚的男人,没有了再选择的权利,而比如青云的将来会有各种意想不到的可能。青云望着他,若有所思。

青云第6次吃他的饭盒后,她已到了毕业的尾声。

那一天,青云最后一次来到了田埂上,她第一次穿起了很少穿的印花长裙,头发梳成了好看的髻,青云和余林之间没有任何约定,但是会不约而同地不期而至。青云说让她来钓鱼吧,她拿起了鱼竿,她第一次盯着余林的眼睛说:"如果我留校,你高兴吗?"他摇摇头,但又说:"我不会干涉你的自由,只是希望你所有的选择都是发自内心。"青云说:"我知道了,其实我只是随便问问。"

毕业前,青云选择了去外地工作。向他告别时,他愣了一下,说:"你不是早想去我家,吃一顿我做的饭吗?"青云有些意外,但还是同意了。

那是青云第一次去余林家,他家里的摆设比青云想象的要整洁得多。一进门,就是一个女人的大幅照片，那是他的妻子，眉眼安详的女人。他说他的妻子也快调过来了，所有的一切都会好起来的。他的厨房是青云看过的最特别的地方，他说那是他妻子的意思，她曾说家里没有烟火气息就不叫家了：好看的调料盒，精致的水壶，还有蓝印花的手套，最好玩的是他妻子用蒜做的风铃。青云无声地叹息，他真的是一个幸福的男人。

那一天，青云并没有留下吃饭，说有点不舒服，想走了，她忍着泪说了声再见，他说等等，进门去拿了一本书：出门以后再看吧。你多保重。

扉页上只写了一句话：对不起，我的爱已经给出了，所以没有多余的空间给你，我们的感情注定流离失所。请原谅一个已婚男人发自内心的真实。祝福你。

青云的泪静静地落在了书页上。

>>>

<<<

你的风景我的背景

我们每个人的青春的记忆都有密码，打开那些密码，我们看到了年轻的爱情。做不成恋人，我仍感激。

收音机里的那些歌

那时候，砚青喜欢在两个时段听收音机。

黄昏时，天空有大片灰紫的云朵，砚青把小收音机放在草地上，手上拿一本图书馆借来的小说，听5点档的"送歌台"，想着流动的人群和一个个陌生的名字。她想，不知那个被送歌的女孩有没有心跳加速呢？那时，罗大佑是最爱，《光阴的故事》、《恋曲1990》，让砚青想起了女孩听到送给自己的歌时内心会浮起怎样的温情？这样的时刻让她抚摸到了时光的声音。

深夜时，砚青听夜间档的"今夜不寂寞"，男主持人的声音很有磁性，品位也不俗，听陌生人讲自己的故事，伴一些恰到好处的音乐，深夜漆黑的空间里，一切都是那么的完美。

那时，砚青是一个沉浸在自己世界里与自己对话的女孩，也不需要太多的对白。

米色灯芯绒还会不会想念墨绿色灯芯绒

可是，砚青的生活因为柯林而改变。

那天的下午，天空有风，砚青的小收音机里正在播童安格的《其实你不懂我的心》，柯林拎着一瓶水慢悠悠地走过，他穿着米色的灯芯绒长裤，白色的长衬衣，大概是被歌声所吸引，站住了，望着砚青。砚青很后悔当时她是那么地"不好看"，正在大口啃着一个苹果，边翻着小说，赤着脚，象牙色的鞋放在一边，柯林望着砚青笑，嘴角淡淡的光泽。砚青的心动了一下。

砚青来不及穿上鞋，柯林倒是很大方地过来和砚青聊天，他说他是大四的学生，马上要毕业了，他刚才偶尔听到这首歌，有些感动，就停下来了。柯林又说很少看到女孩像砚青这样，独来独往。砚青马上聪明地回了一句"很少男孩像你这么古典，还喜欢这种老式灯芯绒。"其实，她也喜欢灯芯绒，砚青没有说出来，那种怀旧有温度的感觉。那条墨绿色的灯芯绒被砚青狠狠地穿旧了，已经有些泛白，但它始终是砚青衣箱里的最爱。

柯林又笑了。那个黄昏，因为寥寥数语而变得不一样，天空有鸟飞过，黄昏校园里隐约的笑声，很干净。点歌台还在送歌，孟庭苇的《冬季到台北来看雨》响起，砚青和柯林微笑着说再见。

柯林成了砚青心中偷来的幸福，她很少见到那样符合自己心中梦想的男孩，那样的干净、笑容温润如玉。砚青在深夜里听收音机节目时，会想到柯林，这让她内心温柔泛滥，一如散落在白色枕芯上浓密的长发。砚青不知道，是不是有很多女孩都有这样的秘密？

砚青并不觉得苦闷，她依然每天在草坪上收听下午档，而柯林是个生活有规律的人，下午他一般会路过打水。他们之间并没有过多的言语。

他的女朋友在上海，他毕业的单位已联系好，一切都很顺利正常。听到这些时，砚青像在听一件与她不相干的事，微笑着说在一起，那就好了。

偶尔，他会问砚青吃饭了没有？

校门口有一家小粥店，他们一起去吃简单的饭菜。砚青会点小店里的白粥和莴苣丝，青绿的莴苣丝用水烫过，然后淋上小麻油和大蒜，清清爽爽，和白粥简直是绝配。干净的饭菜是他们共同的喜好，一如灯芯绒。吃饭时，收音机还响着放歌节目。喝着滚烫的白粥，听歌，看街边川流的人群，想着涌动的心事，砚青不知柯林在想什么，砚青在想，如果这样是一生一世该多好。

而砚青也不知道，她在吃一碗粥想着心事旁若无人地听收音机时，却一不小心成了别人眼中的风景。这是后话。

两个月后，柯林要走了，去上海。砚青搭了车，从城东跑到城西，走了很远的路，只为了选一款小小的纤灰色收音机送给他。他们平静地告别。那天，柯林穿着米色的灯芯绒，砚青穿着那条旧墨绿色的，柯林礼节性地拥抱说再见，就像和他的很多朋友一样，砚青却在靠近柯林肩头的那一刻落了泪。砚青在想，很多年后,这条米色灯芯绒还会不会想念墨绿色灯芯绒?只是他们永远不可能相聚了。

别人眼中的风景

柯林走后,砚青的生活恢复的一如平常。也许爱情从未开始过。

还是一个人听下午档,不过增加了一个内容。砚青会一个人再去那家小店要一碗白粥,来一盘凉拌莴苣丝。收音机里主持人在问:远方的朋友,你还好吗?有没有想起那个下雨的黄昏?在《夕阳醉了》的音乐中,砚青想起了同样在远方的柯林,他过得还好吗?是不是笑容我已不再熟悉?

木森走过来时,砚青正在想心事,他冲砚青笑:"可以坐下吗?我注意你很长时间了,你好像不太说话。以前是两个人,现在是一个人,喜欢听收音机,有心事吗?"砚青这才抬头,这个剃平头的男孩有宽厚的笑容,并不让人讨厌。他从口袋里摸出一颗糖,放在砚青面前:"不开心的人吃了糖会开心起来的,谁说只有小孩才需要糖?"第一次听这么有意思的话,砚青笑了,是啊,成年人也需要糖果的。砚青吃下木森递过来的夹心糖时,想人生真的很意外,当她注意自己眼中的风景时,一不小心却成了别人眼中的风景。人生真的是一件有意思的事。

木森也喜欢收音机,他说经常在宿舍的凉台上收听晚间的"今夜不寂寞",午夜时,起风了,看树影婆娑,看大块的云朵快速移动。木森的家在遥远的东北,在这座城市,他是独自一人。

你的手冷不冷?

那个年代"化妆舞会"刚刚流行,毕业前,砚青被木森邀请去参加了化妆舞会。那是砚青唯一的一次接受木森的邀请。他说乐队是他几个校园哥儿们,歌曲肯定是砚青喜欢的。果然,砚青没有失望,当罗大佑的《你的样子》沧桑地响起来了,砚青微笑了,这是她喜欢的氛围。砚青戴着面具穿着斗篷消失在木森的视线中,她缩在一个角落里安静地听音乐,她从来不是喧闹的人,木森不知道,远远的砚青看到木森在寻找她,砚青却没有起身,很多人和事总是擦肩而过的,像当初对柯林的感觉一样,砚青也会成为木森眼中消失的风景,这样就很好了。

和木森的第三次相遇是从澡堂出来的时候,砚青不知跟她同龄的人都有没有这样的记忆——那时候,从澡堂出来的女生真是一道风景。披散着长发,脸上泛着干净的红晕。奇怪的是,你遇到并不在意的人时往往是你最美的时候。那时候,砚青穿墨绿色的灯芯绒和白色长袄,头发刚洗过,散发着浅淡的香味,拎着水桶。木森正从图书馆出来,看到砚青就站住了,他说:"你是每次都能让人记住的女孩。对了,明天听听下午档的点歌台吧。"

砚青微笑着点头,她是每天都要听的。因为这已经成为了生活中的一个习惯。

砚青清楚地记得,临走前,木森问她:"你的手冷不冷?"砚青没有回答。他们从未牵过手,也永远不会。

毕业前,砚青不再去校园的青草地,而是在图书馆里戴着耳机听。突然,砚青愣了一下,有预感地就听到主持人清晰的声音:把这首歌送给那个听收音机的女孩吧,她喜欢吃白粥和莴苣丝。我想告诉你,谢谢,你让我记住了校园的一道美丽的风景。你要毕业了,祝你一路好走。

没有留名,可砚青知道是木森。那首《让生命去等候》,砚青好像说过是她的最爱。

做不成恋人,我仍感激

是的,离开校园很多年了,不知不觉,那些日子踮起脚尖来,蹑手蹑脚地走过了,安静得很,仿佛没有青春的喧闹,便悄悄地离开了。可是,那些熟悉的音乐和风景,还有那些记忆的密码。打开它,却如水宣泄般找到了那熟悉的记忆,比如收音机,比如灯芯绒,比如糖果,比如风中湿漉的长发,比如罗大佑比如孟庭苇比如童安格。朱天文说:年轻的时候,我们都是要去爱人的。刘若英说:做不成你的恋人,我仍感激。偶然的一次听到孟京辉的话剧《恋爱的犀牛》的台词：你是我温暖的手套，冰冷的啤酒，带着阳光气息的衬衫，日复一日的梦想。再一次动容，是啊，爱与被爱，让我记住了一些密码，收获了一些回忆。这样已足够，这是我们九十年代初期的爱情。有些旧，有些淡，但很经典不容易忘记。

怀念那些肌肤光鲜的日子

美国建筑大师莱特先生说:年轻是一种品质,而不是一种数量,一旦有了这种品质,就永远不会失去。

时间倒回十年前,我们是不用香水的。那时我记得大学宿舍里还没有洗澡间,夏天只能去公共浴室冲凉,我随身带着一瓶花露水,兑在水桶里,洗完后,身上就可以留下淡淡的花露水的清香,凉爽舒适。十七八岁的年龄,这种自然的香味已足够让人愉悦。

那个夏日五六点钟的光景,夕阳西下,披散着湿淋淋的头发,带着花露水的清香,我轻快地走在校园的小路上,像画儿一样美丽着。我就是以那样的姿态出现在刘力面前的。

他正拿着书从图书馆出来,而我回宿舍的路刚好经过图书馆的玉兰树下。刘力笑着望了我三秒,而我也回望他,没有什么表情,这种偶然的事在校园里经常会发生。我没有想到他会跟踪我,然后又悄悄走掉。

第二天我刚下课要回宿舍,刘力就出现在了我眼前。拿着饭盒,说了一句:"我们一起吃饭吧。"我愣住了,半响才说一句:"我认识你吗?"刘力笑了:"可是我认识你。你喜欢用花露水,对吗?我从小就喜欢这种香味,算我先认识你,还不行吗?"我被逗乐了。

我让刘力先等我十分钟。天气十分燥热,我以最快的速度冲了一个凉,点入了两滴花露水,浑身又散发着淡淡的清香,我陶醉地深呼吸了一口。大学时,我的头发长及腰部,尾部有天然的小卷,很美丽。这一头长发就是我的骄傲。那时的我不用任何点缀,一件白色泛黄的棉布裙就可以把我衬得纯净美丽青春逼人,因为那是我们肌肤光鲜的日子啊,每个女人记忆里都会有的时光。

学校离江边很近。那时我们是穷学生,自然找不到更好的去处,轮渡倒是一个不错的地方,江风习习,风景赏心悦目,又不会清场,想坐多久都行。发现这一秘密以后,我和刘力的夏日黄昏大部分就是在轮渡上渡过的。

黄昏,刘力就会推着他的破自行车来到我的宿舍门口。出现在他面前时,我已冲过凉,穿紫色小花衫,清秀水灵,浅浅笑涡,黑色的长发披散,不算美却极尽青春。他向我挥手时,我笑得花枝乱颤,他拍拍后座,我抬身就坐上去。就那样迎着风到江边,花露水的香味在盛夏的空气中飞散弥漫,将我们浸润淹没,自行车后座上我晃着双腿,愉快地叹息着,把头轻轻靠在刘力身上。

轮渡来了,花两毛钱买好票后,我们会上轮渡二楼,找一个靠边的位置,倚着栏杆,刘力站在一边看着我笑,江风扑面而来,带着清凉的水汽,远处的高楼若隐若现,他就开始抚摸我的长发:"可可,我喜欢你。"那时候,一个喜欢比爱更有意义。花露水盈盈的气息将我们的眼神浓重地包裹。

轮渡一趟大约四十分钟，情侣之间总是有说不完的话啊。我们并不下去，坐在轮渡上聊天，累了，我就把头靠他肩上睡一会儿，那时我想一生一世也不过如此了。黄昏的江面跃动着灵性，我的眼睛被点染成了淡淡金色的光泽。我们看着太阳从江面上一点点沉下去，心动得说不出一句话。天色慢慢地黯淡下来。

轮渡收班是 9 点，他再骑着自行车载我回学校，临走时不忘给我买一支我最爱吃的绿豆冰，我就坐在自行车后，靠着他的背，开心地吃着绿豆冰，他回过头来冲我笑，我就把绿豆冰塞到他嘴里，一起开心地分享。

那个夏天，空气中花露水的香味就像一幅水墨画，平静而诗情画意，让人怀念。

毕业时，我们的感情却意外起了变故。他家里人很不喜欢我，我不知道是什么原因，大概做家长的对未来的儿媳总是有个标准吧，我总之不在他们的标准之列，所以理所当然地受到排斥。家长极力阻拦，还给他介绍女友，他是个孝子，所以在痛苦之余就慢慢疏远我了。加之中间的一些误会，我们的分手成了必然，年轻气盛的我容不得眼睛里有一点阴霾。

青春受伤的心疗养起来是很快的。毕业分配以后，新的环境很快让我淡忘了往事。他也一样，分在了江北的一个不错的单位。公交方便起来了，轮渡好像变得遥不可及，除了偶尔会去江北办事。我首选的仍然是公交车，速度会快很多。只是再过长江大桥时，我的心会有一丝丝地痛。

我没想到世上也会有阴差阳错。有一个晴好的日子，时间很宽裕，我突然想坐轮渡过江办事，慢慢走到江边，所有的如烟往事就涌上了心头，那些黄昏交织的画面曾经温暖了我年轻的岁月，是那么的熟悉，其实从来都没远离我。最戏剧性的事情发生了，我从一侧上船时，没想到会碰到从另一侧下船的他。三年过去了，我愣住了，不知用什么表情来迎接这一切，最后愣愣一句："你怎么还坐轮渡？"同样的话从他口里也冒出来了，我们一起笑了，也许从来就没有积怨，留下来的也只有还有余温的片断了。他隔着栏杆问我："还用花露水吗？"我微笑着点头又摇头，我们平静地祝福彼此，像亲人一般道别。

那时，我已不用花露水，桌上早摆上了我喜欢的兰蔻"奇迹"。可是，年轻是一种品质，而不是一种数量，一旦有了这种品质，就永远不会失去。那些肌肤光鲜的岁月从来就没有远离过，它们在我的生命中化成了另一种永恒。

>>>

<<<

鸡蛋花开十一年

改写记忆总是带着惆怅的心情，而追求幸福却要有坚持的勇气。

小年认识刘宇，是在自己家的阳台上。他们两家的楼房面对面，小年家二楼伸出去的大平台正对着刘宇姨妈家一楼的小院。

一天，小年在晨读，忽然看到了对面大团大团的鸡蛋花树，鸡蛋花树生长在南方，开出一种小花，白色的花瓣，里面有粉黄的内蕊，风吹来清香可人，因为它的家常，小年爱上了它。小年出神地望着时，看到了刘宇，他友好地冲着小年笑，又去浇他的花了。

后来，小年发现，他们居然在同一所大学。偶尔他会寄居姨妈家，他是学园艺设计的，姨妈很忙，所以他会替他们打理这些花儿。

第二次在校园里遇上小年后，他们对视了三秒，几乎是同时说出了鸡蛋花，小年微笑着露出了洁净的小虎牙。小年记得在这座不太讲究衣着的南方城市，她算得上有些独特，那时没什么钱，却总能把自己收拾得恰到好处。记得那天小年穿着最喜欢的黑色棉质的衬衣，配一条苍绿色的棉丝巾，刘宇在第二次见到小年时，就说她是个与众不同的女孩，很清秀，是他喜欢的类型。

那时小年不多话，却有些心高气傲，小年对刘宇说毕业后想去上海，那是她的梦想——穿着精致的衣衫走在梧桐叶散落的淮海路上,天色黯淡,该是多么的惬意。刘宇望着小年,他说他倒喜欢广州,实在舒适,内敛而不张扬,像他的性格。

小年曾经对朋友们很自信地说她绝对不会在读大学的时候谈恋爱,因为这个城市终究不是小年想停留的地方。

可是刘宇会约小年,小年并不反感他,和他在一起小年很放松,小年可以沉默、可以微笑,他总能陪她坐着,好脾气地笑。

18岁生日时,在清香的鸡蛋花树下,刘宇送了小年一个漂亮的纸袋。小年望着他,没有接受,他用眼神示意小年打开看看,小年打开了,是一件鸡蛋青的褶皱长衫,怀旧又经典,小年没有掩饰自己的满心欢喜,但仍然没有伸过手去。刘宇望着小年说:"一个女人一生总要有几件记得住的衣服。我送你衣服并不代表什么,只是想让你记住我。放心吧,这是我暑假帮别人搞设计挣的钱。"小年没有再拒绝。

穿上了鸡蛋青的褶皱长衫,第一次涂上了淡粉的口红,把小年衬得女人味十足,刘宇望着小年叹息,却并没有牵小年的手。

那时,对广州的唯一留恋就是二沙岛。那是位于珠江边上的一个小岛,环境很美,星海音乐厅和美术馆都环绕在岛上,好像一块净土。临江独坐,有温润的空气包裹,有雨的时候来这里很舒服,小年始终认为这是广州最好的一块地方了。

毕业前,刘宇约小年去二沙岛散步。那时他们是穷学生,没什么钱,可是刘宇却知道小年极讲究情调。那一天下着雨,一直以来,小年都是那么地喜欢南方的雨夜,有一种繁华尽落后的神秘情愫。二沙岛的行人很少,他们在星海音乐厅和美术馆附近的大片绿荫中散步,鸡蛋花的香味安静地浮在四周,小年在雨中忘情地呼吸,刘宇替她撑着伞,看着小年在雨中陶醉的模样,轻轻说了一句:"小年,留在广州,好吗?"小年没有回答他,回头看了看他被雨打湿了半边的肩膀。

可是那时小年的心是飘忽不定的,小年想去的只是上海,她知道O型血的女人有着天生流浪的性格,刘宇似乎并不是小平的终点。知道小年的决定时,刘宇有些沉默,但并没有阻拦,因为那时候,他的确没有更多的能力让小年过得更好,他没有理由让小年失去想要的东西。

最终,小年还是去了上海。

上海的风花雪月把小年熏染得更加品位精致,她知道了穿黑色的宽松大衣配上一点暗色口红,玻璃丝袜不着痕迹的裸露脚踝,香水只能有划过裙裾的留香。可是小年不知自己到底快不快乐。好像一切都被精致定了格。

每年小年会在春节的时候去广州看花市,寻找一些曾经的印迹。

第一次回广州是在一个寒冷的冬日,下火车时小年穿着长长的大衣,一对耳丁若隐若现地透露着精致,她的脸色是透明的。

刚拖着行李出站,刘宇已站在了小年眼前,小年有些意外,他却不经意地说:"我打电话去过你家了,猜你最近会回来,怎么不告诉我一声?"

小年脱下大衣,露出了浅粉色薄毛衫,刘宇看了小年一眼,说:"小年,你更漂亮了。"小年没有理会刘宇的表情,只是说:"我想吃猪肠粉了,带我去吧。"那时小年已经知道怎么在男人面前露出最妩媚而又有距离的微笑,性格倒是大方了很多。

刘宇深深地望了小年一眼,他很快带小年去了以前他们常去的那一家小店,小年狼吞虎咽地吃下了一碗粉,舔舔舌头,意犹未尽。刘宇不吃,只是坐在一边看着小年笑。在小年埋头又吃下第二碗肠粉时,刘宇给小年递过了纸巾,笑着说:"这么有情调的女孩吃起东西来其实也挺可爱。"

小年理了理头发冲他笑,在上海优雅讲多了,倒是回味广州的实在。

那时小年已经有了男朋友,是个干净整洁一丝不苟的上海男人,可是说不上什么原因,他们的感情进展不快,一直都不温不火。

回上海后,小年和刘宇平时联系很少,他经常有设计项目要做,会很忙。他们偶尔时会通通电话,问问彼此过得好不好。有一次在深夜十一点,刘宇要放下电话时,突然说了一句:"小年,什么时候回,我还真有点想你呢。"小年在电话那头哈哈大笑:"我也想你呢。"小年把这一切当成了他们之间的玩笑话,时间和空间的距离已让他们相隔很远。

每次回广州时,不管小年有没有与他联系,他总会风雨无阻地去接小年,然后带小年去吃饭。那时他已经干得相当不错了,单位给配了车。他通常不说话,只是很仔细地替小年系好安全带,然后微笑着打量小年,说一句瘦了还是胖了。开车时偶尔会扭过头来看小年,嘴角动一下:"小年,怎么样了?"小年知道他的意思,小年笑笑说,当然不错,然后戏弄他:"你呢,还没有可心的女孩?"刘宇答非所问地说:"家里人总在逼着我相亲,可我没什么兴趣。"他并不回答小年。

冬天的南方,有着让人舒服的暖阳,小年可以在阳台上盯着鸡蛋花树发很长时间的呆,一切都在变,可是鸡蛋花还是怒放依然。浅淡的香味静静飘浮在空气中,像饮一口绿茶时的笑语盈盈。

在小年第 7 次回来时,已剪了那种细碎的短发,距离上次回广州已经快大半年了。小年穿了一件长长的黑皱绸衣,化着不着痕迹的妆。小年没有给刘宇打电话,只是给他发了一个短讯:"我剪短发了,要不要看我什么样?"小年没想到,他能那么准确地计算出小年的航班,在小年拖行李出安检口时,调皮地出现在小年面前。小年差点伸手去拥抱他,对刘宇,她已经有了一种亲情。

小年很优雅地坐上他的边座,他又俯身给小年系好了安全带。那一天下着雨,雨很大,他的车载音响里放的是一首老歌《相思河畔》,有些感伤和落寞。小年打破了沉闷,很快恢复了以前的调侃:"半年没见,没有抱得佳人归啊?"这一次,他没有回应,小年很意外地看出他的眼睛有一丝湿润,小年停住了口。

车子开得很快,很快上了二沙岛,在一大片葱绿丛中,他戛然地停下了车,准确地拉住了小年的手,说:"小年,回来吧,嫁给我,好吗?我们可以种满园的鸡蛋花树。我会让你快乐。"

小年第一次直视他的眼睛,已经7年过去了,那个稚嫩的男孩已经变成了一个眼睛有内容的男人,而且他还是独身一人。小年想起了6年前,就是这个男孩为了陪她在珠江边上的咖啡厅喝一杯苏打水,而整整吃了一个星期的肠粉。

他们下了车,打着伞沿着珠江边散步,刘宇依然是像以前那样给小年撑伞,静静地等着小年在雨中出神发呆,铅灰格子衬衣被淋湿半边。这的确是个包容太多的城市,会让你舒适,丢掉矜持。小年把伞推过去了一点,雨还在寂静地下,小年是第一次发现,他们之间的确已承载太多。

回上海后,小年改变很大,她无端地开始怀念吃猪肠粉的日子，情调只是偶尔享用就可以了，如果每天都这样，人会疲惫不堪。在小年第 n 次和男友坐在有落地玻璃的咖啡厅，小年突然觉得很空洞虚无，搅着咖啡，突然坚决地说："我想回广州了。可能不会再回来了，你会跟我一起去吗？"男友的嘴张成了 O 型。当然这一切都在小年的意料之中。

拎着大包小包出现在白云机场时，小年站在机场的大厅拨通刘宇的手机："我回来了，不再走了，有没有地方安顿我？"刘宇半晌没有说话，才连连说："你就站着别动，我来接你。"

刘宇以最快的速度来到了小年跟前。11 年后，他们四目相对，就像 11 前在大学校园里偶遇一样，小年冲着他笑，完整地露出了小虎牙。

坐上他的车，他没有问小年为什么回来，好像一切都是理所当然的结果。他一只手把方向盘，另一只手紧紧地握住小年的手，带小年来到了临近二沙岛的一套 1 楼的公寓里。随着他走进去，那是个不大的房子，却可以看到满目的鸡蛋花树，还有隐藏的绿意，刘宇说："其实我一直在等你，下雨的时候你可以坐在院子里喝茶看花的。喜欢吗？"

看着雨中的鸡蛋花，小年有些恍惚，认识刘宇已经十一年了，一个男人的坚守让小年明白了其实谁说爱会没有结果呢？改写记忆总是带着惆怅的心情，追求幸福真的要有坚持的勇气。

<<<

那些意外的春天

在兰洁的字典里，爱一个人就要跟上他的步伐，一路走来，爱情过去了，却无心插柳，追出了另一番柳暗花明。

那一瓶年少羞涩的李锦记

"李锦记"是兰洁那个年代很好很贵的一种酱的品牌，口味独特，因为于南，她忘不了它。

高三时兰洁还像一个丑小鸭，安安静静。

那时，她们教室的窗外是一个长长的走廊，兰洁就坐在窗边把自己裹在红色的毛衣里，偶尔从书堆里抬起头看走廊里的人来人往。

于南就是在那一天出现在兰洁的眼睛里的。

他穿一件普通的白衬衣，头发自然卷，背靠在栏杆上和班长说话，他不知说什么笑起来，露出一排洁白的牙齿，让兰洁怔怔地有些发愣。那一刻兰洁偷偷喜欢上了于南。那时，兰洁的成绩还属于中上游，考大学并没有绝对的把握。

毕业前的最后一次春游，本来老师是不同意的，可是拗不过全班同学的热情，只得同意去近郊烧烤，虽然只有半天却显得特别珍贵。头一天晚上兰洁几乎一夜未睡，偷偷起身，把前几天用所有零花钱买的一瓶"李锦记"悄悄地放在包里，又一次次地拿出来抚摸。

第二天,风很淡,他们面湖而坐,天是蓝的,树是绿的,春天花儿会开,兰洁带了一整瓶李锦记的辣酱,是为于南。

女生们在一旁疯闹,兰洁却独坐在一边为心爱的男孩烤着火腿肠,没人注意到兰洁,因为兰洁本来就是安静的。兰洁用小刀划开火腿肠,再把李锦记酱很仔细地涂在上面,薄薄的涂满一层后放在炭火上烤,烤一会儿再细细涂上第二层。那一天为了一根火腿肠,兰洁费了大半个小时。烤得很香很香,再仔细地撒上葱花和孜然,拿着火腿递到于南手里,他正和一群女生说话,兰洁装着神情坦然,却仍是无法掩饰内心的慌乱。于南接过去时冲兰洁点点头,笑着说了一声"谢谢",兰洁低头应了一声,就走开了,兰洁躲在一边看于南吃火腿肠时心满意足的神情,兰洁的心有些轻微地疼:他永远不会知道,一个女孩为了这一根火腿肠花去了多少初恋的心情。

毕业前的时光飞快而过,很快到了六月。

那个夏天特别热,未来的无助让人都有些心烦意乱。那时教室里还没有电扇降温,后面放着一个大铁桶装水,偶尔兰洁会去打水,默默地喝。于南坐在兰洁的正前方,兰洁喝水时可以准确地看到他的后脑勺。那时兰洁所有的目标就是和他考到同一所大学。

最后的阶段,兰洁全身心地投入到了学习中,把闹钟上到了早上四点。揉着惺忪的眼睛温书,为了和于南能并驾齐驱，兰洁要加油再加油啊。

兰洁的成绩在后一阶段突飞猛进，没有人知道这是因为于南，记得最后的三次调考，兰洁都是前 10 名，连老师都觉得不可思议。高考兰洁考得很不错。

分数还没下来，他们开始填志愿，当时，兰洁有意无意地问于南想考到哪儿，他说他喜欢上海。兰洁在所有的志愿栏都填上了上海的大学，成绩下来了，兰洁以第一志愿录取到了上海的一所知名学府，而于南却有些失意，只录取到了成都的一所二流大学。知道结果后，兰洁一点都不兴奋。拿通知书时碰到了于南，他低着头轻轻地说了一句："祝贺你"。兰洁的心疼得厉害，兰洁望了望他的眼睛，几乎要说出于南，我喜欢你，可是愣愣地什么也没说出口。兰洁和于南的故事还没有开始就结束了，忧郁的青春就在那样的定格中画上了句号。

喜欢一个男孩都是第一眼的，戒都戒不掉的情结

阳光明媚的大学生活开始了，兰洁在的那所大学优秀的学生云集，兰洁读的是理工科。她依然沉默清瘦，喜欢穿旧旧的米黄色棉布裙，柔软的裙子打在赤裸的小腿上，有着淡淡惆怅的心情。她常常一个人坐在树下，旁边放一本书，一瓶凉水，一纸袋的糖炒栗子，看天空盘旋的鸟群，兰洁的手指冰凉，内心隐藏着太多的秘密。

五月,学校组织了一次英语演讲,兰洁去旁听。尹健走上去时,兰洁的心又一次重重地掉下去了,一直以来兰洁喜欢一个男孩都是第一眼的,戒都戒不掉的情结。兰洁是那么地相信直觉,相信相由心生,喜欢有酒窝和害羞笑容的男孩,而且尹健说得一口流利的英语,目光镇定。当他扫视兰洁这边时,兰洁的心慌得要跳出来了。演讲结束了,散场了,空荡荡的教室里只有兰洁一个人呆呆地坐在那里,听寂寞的回音——尹健分明还在啊。兰洁手心里沁出了细微的汗珠。

尹健是英语系的,兰洁几乎没有接触的机会。

第二天清晨,同宿舍的女孩还在睡梦中,兰洁就爬起来,在公寓楼的小阳台上读英语记单词,尹健英文那么好啊。天空有黛青色的棉花般的云朵明明暗暗,兰洁听见了自己静静的心跳。

散淡的午后,空气中残留着温润的气息,兰洁戴上自己的灰色 WALKMAN,旁若无人地穿梭在外滩的树荫下。那是上海最美的地方,纯蓝的天空和江水,妩媚灵秀,散发出清香的香樟树和蔓延的浮萍,树叶透明得看得见细碎的脉络,偶尔有阳光在脸上沉着地跳跃。兰洁无心赏景,口中念念有词,这两个月兰洁已记了很多单词,口语也练得非常流利。

那一天的邂逅是没有预料的,兰洁低头念念有词,和迎面跑过来的一个人撞了个满怀,是尹健,他穿着红色运动衫,看到兰洁,笑着露出了一对酒窝:"在干吗?这么用功。"他每天都会来外滩边跑步。兰洁的脸"刷"地就红了,那时岸边的垂柳正拂过兰洁的肩头,旁边是一家叫"林间漫步"的木屋茶舍,幽幽地散发出清茶香,这一切是梦吗?

兰洁只是淡淡地点了一下头,就走过去了。尹健不知道兰洁内心的一种狂热,可以这样化成面前的云淡风轻。

六月的时候,兰洁的英语开始突飞猛进,别的女生吃零食打闹时,兰洁已坐在一边啃厚厚的英文小说《简爱》,练习简和罗伯特的经典台词,一声"ROBERT"是那么深情,没有人知道兰洁心底的秘密,只认为兰洁是一个心无旁骛不解风情的学习狂。

更疯狂的举动还在后面。几个月后,兰洁觉得自己的英文已能脱口而出,兰洁不声不响地报名参加了英语俱乐部,开始排练英语剧,只因有尹健的参加,兰洁可以和他演对手戏。兰洁用英语清晰地跟尹健说的第一句台词是"Excuse ME",可能是天意吧,在说完那句台词时,兰洁感觉自己热泪盈眶,听到内心幸福的呼吸。尹健永远不会明白兰洁表达的是什么。兰洁知道他们之间不可能有故事,因为两个月后,尹健毕业了。

三个月后,兰洁的英语顺利通过了六级,成为了理工科的一个头号新闻。而尹健已回了他的家乡云南,那个风光同样醉人的城市。他们可能一生不会相见，他也永远不会知道一个女孩是为了他，才把英文练得如此炉火纯青。

毕业前，兰洁又去了一趟外滩，在那条和尹健迎面而撞的街道，一个人静静地坐了好久。听到旁边一对年轻的男女轻轻握手互诉："我爱你"。兰洁的泪落了下来。

内心有团火，一切便不会太遥远

毕业时，兰洁因为英语突出，顺利找到了一个别人羡慕的工作。几年后，兰洁的变化很大，长高了长匀称了，脸色像青瓷瓶般干净，喜欢穿淡淡木槿花的裙子，青灰色的低跟软皮鞋，一丝不苟的盘发，露出光洁的额头。

三个月后，研究所接一个项目，负责指导的是一位海归男人姜华，从西班牙回来的。开项目筹备会的第一天，他进来了，灰黑色的衬衣，米色粗布裤，微笑的眼睛和牙齿。从容睿智，那是经过海外浸润的男人，举手投足都是一种不可言说的好看。兰洁抬头望他的第一眼，几乎无法找到形容词，只能说是一种磁场吧，兰洁始终相信，人和人是有磁场的。而这种磁场，在一刹那就可捕捉到。兰洁又找到了当初心跳的感觉。

研究所安排兰洁做他的助理。

因为有他在，兰洁做得极其认真，查很多的资料，翻译大叠的报告。睡不着时，兰洁爬起来把突然的灵感一字一字做笔记，第二天拿给他看。兰洁记得姜华在指导她时，纯正的普通话，半俯着身体，修长的手指在洁白的纸笺上画圈，又快又好，然后问询地望着兰洁笑，让兰洁的心忍不住颤栗。那时，桌上有泡好的小包的玫瑰花茶，一小朵一小朵地安静绽开着花蕾……

和他一起合作，那个项目自然完成得非常顺利。

项目结束的时候，姜华请兰洁吃饭，谢谢兰洁对他的支持。窗外暮色的天空，浮着大片灰紫的云朵，而窗内的这个男人注定不属于兰洁，他早已有了幸福的另一半。他给兰洁讲很多他在西班牙的事，讲得两眼发光，那里有深蓝干净的海，他经常会在黄昏时赤足走过海滩，还有那里的红屋顶，每一个空气分子都有湿润浪漫的气息，推开窗户会看到黑色的小松鼠跳过……那一顿饭吃的是什么兰洁早已忘记，只记得他说谢谢兰洁，不然他的项目不会这么顺利完成。可是在那一刻，兰洁突然又萌生了一个念头，她要考 GRE 出国留学，她的英语那么好，一定不会太困难。她要去西班牙看看，那是滋润眼前这个自己喜欢的男人的地方啊，兰洁要追上他的脚步啊。

接下来的几个月兰洁除了上班就是复习，次年的三月，兰洁意外地通过了 GRE 考试，一切都是那么顺理成章，只是在外人眼里这一切像是天方夜谭。只有兰洁知道，对一个女孩来说，内心有团火，一切便不会太遥远。当然，最后，姜华没有再回西班牙。秋天的时候，兰洁裹着紫色印花的大披肩穿梭在西班牙的石头房子边，望着远处深蓝色的海，目光镇静，内心涌动，吐气如兰，她发自内心的感激姜华。

很多年后，有月光的夜晚，兰洁独坐窗前，那些兰洁暗暗喜欢过的男人们早已一个个离她而去，兰洁因为踮起脚尖来想吸引他们的目光，却无意中超越了他们的步伐，褪变为一个内心丰富目光如潮的女人。这之于兰洁全是无心插柳，不料另有一片柳暗花明。那些生命中意外的春天，她仍然一如既往地心怀感激，这已很好。

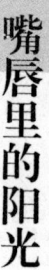

嘴唇里的阳光

如果一个女人能终身保持爱的感觉,她的心是不会老的。

十几年后再见冰儿,她的变化在我的意料之外,说实话,读大学时她真的太不起眼了,而且关于她的感情经历至今想起都让人为她抱不平,当时几乎成了一个事件被宿舍的女生记住。

冰儿的成绩不错,考上了省城名校的中文系,她瘦瘦小小的,纤细得有些不起眼,但感情丰富,喜欢沉浸其中,是一个天生爱做梦的女孩。我和冰儿最要好,因为她的单纯和真实还带那么点傻气。冰儿喜欢日本古代宫廷女官的《王朝女性日记》,说特有意思。

在周围的女生三三两两开始恋爱的时候,冰儿还是形单影只,顾影自怜。不过我知道她喜欢什么类型的男生——温和有微笑眼神且长相不俗,比如赵晨。赵晨瘦且高,有形有款,笑起来很温和,可他早就有了漂亮的外语系女友。冰儿太普通太矜持了,没有男生会有兴趣关注她的内心,她只是属于了解之后可以开花的女人,但是很多男生是没有耐心的。

一年后的一个黄昏,冰儿从图书馆下自习回来,突然悄悄地对我说:"今天我遇到一件事,你猜猜。"看看她有些害羞的眼神,我说:"你恋爱了?"她脸一红笑着说:"瞎说什么,今天我从图书馆走出来,看到赵晨坐在图书馆台阶上发呆,就走过去递一瓶水问他是不是不舒服。他问我能不能陪他走走？我有些意外，后来，我们一起在桂花小道上散步，他问了我一些事，说人为什么要有感情而且备受折磨。我有些知道他是为什么了，我安慰了他几句。就这样。"

冰儿讲完，脸红红的，叹了一口气，看得出她的不知所措，冰儿很善解人意，可她到底是个心思单纯的女孩。我说："你傻不傻，别动情啊，别人只是失恋了，找一根救命稻草，你这样的女生最容易上钩了。"冰儿说："人家可是什么也没说啊。只不过聊聊天而已，你想哪儿去了。"

可是一切真的在我的意料之中。

赵晨开始约冰儿，这样的男生真的耐不住寂寞，受了感情的伤害又急于找到安慰，我劝冰儿："你清醒一点好不好？别陷进去了。"冰儿只是笑笑，照例去赴约。后来，冰儿恋爱了。再后来，她回宿舍脸上总是红红的，一个人坐着发呆，时不时地独自发笑。我知道她已陷得很深。我无话可说，可是对冰儿的未来不禁有些暗暗担心。

冰儿生日时，赵晨送了一支口红给她，那是冰儿第一次收到男生的礼物，她喜不自禁，如获至宝。回来就对着镜子仔细地涂口红，然后又对我说，还差点什么，对了，口红还能变身。她开始进行口红变身术，把口红轻涂在脸颊，然后再用手掌扫匀，就成了胭脂了，然后她冲我神秘一笑，又沾了一点口红扫在眼眉部,成了淡红的眼影。冰儿转过头来时,我第一次觉得她变漂亮了,大概恋爱中的女人都这样吧,我暂时忘了对冰儿的担心,也许别人是真心对她也说不准。我祝福她。

后来,那支口红成了冰儿最心爱之物,每次去见赵晨前,她都仔细用它。那时,我们称冰儿为"一支口红走天涯",冰儿得意地笑。

有一件事在当时传为美谈。那一年,赵晨生了一场大病,很严重,差点休学,在手术期间,是冰儿发动了一个庞大的亲友团,安排得天衣无缝,这个同学负责买营养品,那个同学负责搜集赵晨爱看的书,另一个同学负责照料赵晨外地来的家人,可见冰儿的人缘很好,因为她的善良。而她则是每天给赵晨写一封信去鼓励他,给他讲笑话,还在他面前表演口红变身术,逗赵晨开心。那种真心,什么都替赵晨想到了。被冰儿召集到亲友团的同学都说,以后赵晨要负你,那可是老天不容。

可是好景没维持太长时间,赵晨出院后不久,一天晚上冰儿是哭着回来的,一个人坐在一边,也不说话,长时间地流泪。我问了好久,她才慢慢地说,赵晨的前女友又回来找他,他心软,对冰儿说他很无奈,言下之意是本来就是爱她的,只有对不起冰儿了。他也很痛苦。我一听,很生气,本来是明摆的事,冰儿怎么不明白,还那么较真,别人只不过是把她当作临时安慰而已,现在她的使命已经完成了。我认识赵晨的前女友,那个漂亮有些妖媚的女孩,小麦色的皮肤,灵动的眼神,在赵晨面前,她只用一滴眼泪就可以不费吹灰之力让赵晨放弃一切。我没有说出来,冰儿只不过是没长大的丑小鸭。

这件事对冰儿打击很大。冰儿的口红从此再也没用过,落上了厚厚的灰。冰儿变得越来越沉默。那一段时间,她拼命地读书,杜拉斯、张爱玲、《王朝女性日记》,古今中外,她对我说,一个女人如果太苍白,就是自己把自己丢了。她已经把自己弄丢了一次,她不怪赵晨,她配不上他。我不知她怎么得出这样的结论,对这场不对等的恋爱,她受到了很大的伤害,却始终没有抱怨,她只是反省。我不知是好事还是坏事。

冰儿最终放弃了毕业分配去考研,考到了上海,而她原本的意思是留在武汉的,她那么热爱武汉这个麻辣鲜香,有热干面和鸭脖子的热辣辣的江边城市。我想她只是想忘掉一些事。

这期间,我和冰儿分开了,但一直断断续续有联系,冰儿研究生毕业后在一家外资的化妆品分公司当企划经理。

再见她已是五年后。那一次,我去上海出差,冰儿请我到外滩和平饭店喝茶,听老树皮乐队的爵士乐,气氛非常的怀旧。冰儿漂亮了,不再是以前那个瘦弱不起眼的小女生,她穿着苔绿色雪纺纱的长裙,涂着浅淡的口红，喝了一口咖啡，笑着问我："知道我为什么选择化妆品公司吗？因为我有口红情结。"我想起那支落满了灰尘的口红，想起了从前恋爱中的冰儿在镜子前表演口红变身术模样。冰儿继续说，她当初就是凭一支口红的创意考进这家外资化妆品公司，在众多条件不错的女孩中，她只是简单地做了一个口红的创意，学《围城》里的孙柔嘉那样在一张白纸上画了一张涂口红的嘴唇和五只红色的指甲，然后用口红现场表演变身术，赢得了满场的掌声，她说化妆品不仅仅是带来漂亮，而更主要是带来意境和想象的空间，让女人有了一种韵味，这就是最高境界了。冰儿的一番话让我也忍不住鼓掌。她理解了化妆品的精髓。

冰儿的办公室在临江大厦的十八层，冰儿想一个创意时会在阳台上站会儿，看远处的黄浦江。她业余读很多的书，她说她希望自己一辈子都有爱情的感觉，如果一个女人能终身保持爱的感觉，她的心是不会老的。冰儿的话让我有些意外。

喝完茶，冰儿带我去她的房子。她在徐家汇买了一间50平米的红砖老房子，是二手的，但她布置得特别好，保留了老木地板，挂着白色窗帘，满屋子的书，白色的窗帘随风飘起，外面是上了铁艺的欧式弧形阳台，房子很配冰儿。

冰儿说，一个女人修炼成精要得多少年，她花了五年。冰儿说她不怎么化妆，依然只用口红，她用口红给我表演变身术,当然,现在这口红的品质是以前不能比的,色泽很好,冰儿用它轻涂嘴唇,再扫胭脂,最后涂上眼影,轻柔的样子,真的很美。冰儿坐下来给我倒了一杯茶,慢慢地说起了赵晨:"其实我不怪赵晨,他给了我一个成长的机会,没有他,我也许就没有今天,因为他送的口红。口红给了我很多灵感,我试着创意的口红眼影居然很受欢迎,女人总是能被一些细节打动,我还写了一个关于口红的宣传语,"嘴唇里的阳光",多好的词儿。这是陈染一本书的书名,我很喜欢。"有青春和爱情的感觉,每个女人都是这么走过来的。

　　冰儿的眼神已经不一样了,她平时喜欢穿米灰色衬衣,宽宽大大,很有感觉,喜欢在小屋里用软毛巾抹地板,喜欢自己对着镜子淡淡地涂上口红,慢慢微笑。喜欢读很多的书。喜欢在灵感来时进行一个绝妙的创意。而这一切,让她心灵滋润。冰儿坐在阳光透过窗纱投射到地板上的阴影里,对我说,第一次恋爱失败时,你会觉得天塌下来,实际上天塌不下来。她要做个内心强大的女人。

　　一个月后,大学毕业十年的同学聚会,我打电话问冰儿参不参加,告诉她赵晨可能要来。冰儿笑:"为什么不参加?到时我还有神秘礼物送给大家。"放下电话,我在想,冰儿的神秘礼物是什么?

　　很快同学会的时间到了。那一天,所有的女同学都打扮得姹紫嫣红,暗暗地与时间较着劲儿。冰儿最后一个到,她抱歉地对大家笑:"刚下飞机。就来了。看到你们,真高兴。"她穿一袭米灰色衬衣,宽松的腌菜绿七分裤,清爽安静,干净的盘发,淡淡的口红,所有的人都望着她,很多人一下没认出来,冰儿笑着自报名字:"李冰,怎么,不认识了,我变老了吗?"大家笑,冰儿是变化最大的人,当时她在班上那么不起眼,可是现在,她脱颖而出,把所有的女生比下去了,倒不是漂亮,而是味道,女人三十岁左右,就是要有一种味儿。这是说不清的,我知道冰儿深谙其道。

那一天气氛很好,半个小时后,冰儿走上台前,轻轻地说:"请允许我说几句话,好吗?我要送给每个女同学一支口红。"她亲手用碎布给每支口红缝了一个口红袋,她拿了一个展示给大家看,精巧而别致。全场一下静了下来,冰儿继续说:"请任何时候别忘了口红给女人带来的风情和爱情,那是嘴唇里的阳光。"

所有的女生男生都鼓掌,而冰儿在台上用口红轻轻地表演着变身术。做完这一切,她望了一下台下:"我要谢谢曾给我带来阳光的人,赵晨,别来无恙。"一句话解恩怨,冰儿做得很大气,台下的赵晨早就湿润了眼睛,一个女孩能有这样的气度和成长是他意外的,我不知他有没后悔过,但有一点,这将是他生命中的一个传奇。是一个他所对不起的女孩带来的传奇。我看到几乎所有的女生都落了泪,冰儿的礼物感染了在场所有的人。

就是因为这次的同学会,一个邻班被朋友带来参加同学会的钻石王老五刘平发现了冰儿,他是从上海来出差的,他说冰儿是他一直想找的女人,不想就这么被他捡到了,这是他这次同学会的收获。晚餐时钻石王老五端着酒杯到冰儿跟前来要电话:"以后我只用送你一个礼物,口红。多省事,就冲这,我来了。"冰儿笑着喝下了酒。他的幽默恰到好处,让人舒服。懂得欣赏她的人一定是不俗的。刘平对冰儿说:"有缘千里,我们从武汉到上海,又从上海到武汉,今天才相识,是不是一个奇迹。"但是也许所有的经过都是为了这一刻。那一次,冰儿是和刘平一起回上海的,皆大欢喜的结果。

清欢·分携如昨

\>\>\>

<<<

有关『腌笃鲜』的记忆

有些事是可以一辈子的,就像小策和刘元、李亚的友情,没有任何的索取,像这个古旧小镇里的一锅美味的腌笃鲜,越来越有味道。

分到上海工作后,学校给小策分了单身宿舍,在一片老城区,低矮的红砖房子很旧,但冬暖夏凉,很舒适。小策喜欢去楼下一家小菜馆点一道菜——腌笃鲜,这是一道地道的上海菜,原料有咸肉、春笋,材料要新鲜,火候也很重要,要把咸肉和鲜肉的味道慢慢炖到笋里,这道菜其实主要是吃笋的。先放肉和笋,小蹄膀是后放的,本来是嫩的,炖的时间长也就烂了,而莴苣是最后放的,要保证颜色还要入味,咸肉鲜肉和莴苣是一步步衬着笋的,达到一种"梅须胜雪三分白,雪却输梅一段香"的境界。最后还要保证汤是清冽的,这道菜自然可以看出师傅的本事。这家小菜馆是刘元开的,他是学校的教务,工作清闲,业余时间对美食有着无比热爱,门面不大,只有三张桌子,在这样的旧楼里,也是别有一番风情了。有时间,他会亲自下厨炖这一道菜,而原料都是老家送过来,这样上好的鲜笋,只有小镇上才有的。每吃一口,鲜洌无比,用老人的话说是连眉毛也要鲜掉的。因为这道腌笃鲜,小策和刘元熟了起来,刘元毕业于理工大学食品工程专业,他说自己没什么大志向,开一小餐厅就知足了。而时时来光顾小店的还有他的一位大学同窗李亚。他们三个因为年龄相仿,加之对腌笃鲜的热爱,成了无话不谈的朋友,经常在一起喝酒聊天。

这一年的冬天,上海非常冷,冬天的腌笃鲜已没有什么味道了。春节慢慢临近了,小策家在遥远的贵州,春节时间太短,家是回不去的,一个人在阴冷的上海过春节的心情是难以想象的。

那一天,去刘元店里吃饭,谈起过节的事,刘元突然说:"跟我回老家过年吧,我老家过年很热闹呢,没听说过江南小镇的过年传统吧,那才是真正的年呢。"小策一下不知道怎么回答好,小策很想去,可是去别人家过春节,那算什么呢?刘元好像猜透了小策的心思,说李亚也要去的,他早都计划好了,大家一起也好玩儿。小策一下变得很高兴,对那个水边的小镇充满了无限的遐想。

搭了三个小时汽车,在一个纷纷扬扬的下雪天,他们到达了刘元的老家,上海附近一个叫同里的小镇。刘元的家在水边一幢老旧的木楼里,有一个很大的院子,院子里落了厚厚的雪,小策高兴得像个孩子。这样的情景好像只是在梦中见过啊。刘元的妈妈早烧好了火盆,出来迎接他们。他们坐在火盆边,一边喝滚热的生姜可乐水,一边看院子里的雪。那种感觉真是一辈子难忘。若干年后,这样的场景总让小策想起《半生缘》里的世钧和曼贞在深夜围炉烤火的情景,短暂而伤感,但小策和刘元不是恋人,也不太可能成为恋人，他不是小策喜欢的类型。

他们三人在院子里看雪，院子里有一株梅花，开得极好，李亚兴致也很高，提议去划船吧，说来同里不划船，就算白来了。小策高兴着附和，刘元说，等等。他去备了一小壶自家酿的糯米酒，还有两个卤菜，对小策说："在雪中划船喝酒才是真正有雅兴呀，今天我们索性雅到底了。"还是刘元厉害，真是不错的主意，小策学的是古典文学，"晚来天欲雪，能饮一杯无"，真是轻描淡写，入骨三分，这样的诗情画意与现在的情景很是相符。

他们出了门，下台阶，包下了一艘小船，带小篷子，船中有一小桌，还有一个小炭炉，酒静静地温，船慢慢地划，雪柔柔地下，那真是一段不可多得的好时光，小策喝着酒吃着小菜，欣赏着岸边的风景，突然说，要是一辈子生活在这样的地方，那该多好。李亚看了看刘元，笑着说，那很简单呀，嫁到这里就是了。小策打了他一拳，刘元却在一边笑着不作声。

船划到了一处青团店铺门口，刘元就叫了三个青团让店老板送到船上来，一咬一口香，刘元说这是江南小镇的特产，用荷叶打碎磨粉做皮的，所以总有一股子天然的绿色和清香。他们慢慢吃着，慢慢聊着，看着水乡里的老屋和家家门口挂的红灯笼，新年的气氛是那么浓郁。身边是刘元和李亚两张笑容灿灿地可亲的脸，那时候，小策想，他们这样的三个朋友样的人以后会不会时日长久？

刘元的妈妈对小策很好，看得出她以为小策肯来他们家，肯定和她儿子的关系非同一般。不过谁也不作解释。

这一天，是年三十，要守岁，他们围着火盆吃零食喝茶看电视聊天，一大家子人热热闹闹的，刘元妈妈不时起身去给他们煮小汤圆，那样热气腾腾的光景，好像梦一样，这是小策所喜欢的大家庭的情景。这也是她过的一个特别的新年，在一个异性朋友的老家，是那样的幸福和安宁。他们三人打着牌，在脸上贴着小纸条，开彼此的玩笑，没大没小的样子。很晚了，小策上楼睡觉，刘元妈妈早为她准备好了房间，靠河边的那面，大床，印花被单，松软的棉被，电热毯早插上了，小策拉灭灯，久久不能入睡，听着河岸边外面此起彼伏的鞭炮声。

大年初一一早，拜年的孩子都来了，雪还在下，小策和李亚、刘元去街上闲逛，同里不大，却很热闹，新年集市都出来了，小策吃着买着小玩意儿，很快手上都占满了，好像一切都是那么地新鲜。肚子有些饿，他们到一家小店吃米酒，刘元开玩笑地说："小心啊，江南的甜食是可以吃胖你的。"那一天，他们三人好像一家人那样，捧着热乎乎的米酒在河边喝着，看着拜年的人川流不息，李亚老开小策和刘元的玩笑，小策没心没肺地笑，说："刘元不可能看得上我，我也不可能看得上刘元。我们要做一辈子的好朋友,这样过年时,我们三个人又可以一起玩了,这多好,像一家人一样。"刘元依然是笑,又为小策叫了一碗米酒。

三天很快过去,小策和李亚要返回上海,本来刘元可以多住两天,他说他们都走了,他留下来也没什么意思,他不回去,他们没吃的怎么办?

时间过得真快,春天又来了,在吃完刘元的第一锅腌笃鲜后,小策的男友博士毕业分到了上海,他们很快有了住房,开始张罗着结婚的事了,小策整天忙进忙出,很少再与李亚和刘元一起吃饭了。小策结婚的第一个月,可能由于太劳累吧,她大病了一场。李亚来看小策,而刘元没有来,他临走的时候,对小策说:"我倒是没有看出来,刘元他喜欢你,他说他知道你有更好的归属,他不想失去你这个朋友,这些话我本不应该说的,但是还是说出来的好,也算是一个了结吧,我们三个曾像一家人一样,以后还是可以像一家人呀。"小策的眼泪流了下来,为一些爱情之外的情谊。

刘元的小店不久就关门了,他调到了南京的一所大学教书,很少能看到他。倒是小策和李亚,偶尔会有个电话。第四年的春天,小策没有预感地接到刘元的电话:"还想不想吃腌笃鲜,和你爱人还有李亚一块来我老家玩玩吧,这时的笋是最好的原料。"小策欢快地说:"好啊。"眼泪却没来由就下来了。

那一次，小策的爱人碰巧在外地讲学，小策约了李亚在南京与刘元汇合，一起去了他的老家同里。物是人非，小策已是嫁作他人妇，而刘元也将于年底结婚然后出国。

仍然是他们三人，还是那幢老楼，却有数不清的春天的气息，柳条妩媚地绿着，花花草草无处不在，刘元买来新鲜的春笋，剥皮洗净，那是小策见过的最嫩的春笋，小策能想象用它做一锅腌笃鲜是多么的美味，咸肉是新年留下的，不咸不淡，而小蹄膀也是冒着热气的，莴苣切成薄片，薄绿的样子在一边备着，刘元在厨房里忙，小策和李亚坐在两张小椅上静静地看。一锅上好的腌笃鲜得有耐心，慢慢地入味，不然汤会浑浊色变。这个春天的午后，这样的安静，小策对一些莫名的情谊仍然满怀感激。

那一年的腌笃鲜吃完后，刘元就携妻出国了，小策已很久没有见到他，她经常去餐馆里点那道腌笃鲜，却再也没有吃出三人一道时的美味，就像失却了一个故人的消息。

>>>

<<<

怀念黎里5月清风

有些人，是为了相遇以后别离的。

去小城黎里的时候是5月，风轻云淡，很惬意的样子。绺宇穿月白色的裙子，上面绣着淡紫的木棉花，皮肤是透明的，青春无价啊，素面朝天却唇红齿白美丽逼人。

黎里是江苏的一个不算知名的小镇，没有周庄、朱家角的名气，却像是一副闲散的水墨画，不可多得。那时绺宇总喜欢一个人外出。毕业留校后让绺宇有足够的时间打发自己自由的天性，拎一只衣箱就可以出发了，尽管男友一再要求与她同行，绺宇仍笑着拒绝。即便是最亲密的人，绺宇也需要自己暂时的安静休憩。

踏上黎里的青青石板路时，绺宇一下就安静下来。这里的空气是湿润的，雕花窗小晒台，一条小河横穿而过，像是一个美丽的邂逅，她爱上了这个地方。

选了一个靠小河边的小旅舍住下，二楼，推窗是个大平台，上面种了些花儿，不知名的黄色，很泼辣的样子，让人产生一种错觉。另一扇窗面河，趴在窗口就可以看到河上的小船和洗衣妇的欢声笑语，绺宇对她的住处满意到了极点。虽然室内只是一个简陋的床铺和小靠椅，不过有满窗流动的风景已足够了。

绺宇开始清理衣箱，那一次她特意为旅行准备了5条江南布衣的长裙，颜色也是各异玫瑰灰、薄荷绿、鸭蛋青……每一条都是不可多得的经典，不能辜负了这如画美景啊,她要做这风景中的一个元素。出门时,络宇稍事修整,换了一套黑蓝色的薄棉长衫休闲裤,戴上了木镯,叮叮当当,背一个小挎包,戴一顶阔边的遮阳帽就出门了。

先要解决吃的问题,像她这样的女孩喜欢一切新鲜的刺激。在一个新鲜的地方,络宇的心总能激动得喘不过气来。她选了河边的一个小餐厅,没什么人,旧木桌,可以吃粥还有香香的豆子泡菜和好吃的泡椒土鸡爪。络宇正吃得不亦乐乎,不想冲进来一位个头不高的男孩,大包小包的,看着不像是旅行的倒像是赶集的,络宇正啃着一个鸡爪,满不在乎地看着他,男孩笑了,黑黑的脸,友好地对络宇露出一排碎银似的牙齿说:"女孩子也吃这东西?"他好奇地跟着也要了一碗鸡爪,对面坐着吃起来了,可是却不知道怎么啃,络宇得意地笑——啃鸡爪也是要水平的,络宇可以啃得只剩几根碎骨。他干脆走过来了,与络宇交谈起来。络宇才知道他是到南京出差的,听朋友说有个小镇还不错,就想看看,正找住的位置呢。听了络宇介绍的住处后,他睁大眼睛说:"能带我去住吗?"一说又觉不妥,急着解释:"不是,我是想找另一间房。"络宇笑了。看来是个内心很纯朴的男孩,至少还可以让她有安全感。

他在络宇隔壁的房子住了下来。进到房间后,他敲了敲木板墙说:"忘了告诉你了,我叫李同,晚上有什么事不要怕,只要敲敲木板我就听到了。"络宇示威一样敲了一下木板,他们一齐开心大笑,一下子消除了陌生感。有一位不错的旅伴真的是一件舒服的事。

安静的午后,络宇从房间的窗户里探出头望西头的李同:"哎,你在干什么?"他们就趴在窗台上对着河水说话。太阳很好,水面上小船穿梭,江南水乡的绿水蓝天小桥曲径尽收眼底。络宇知道了李同在杭州上班,有一个很好的女朋友,准备秋天的时候结婚,这次来是顺路看一看,说不定要把黎里作为他们新婚旅行的地方。络宇觉得人和人是有磁场的,和你同类的人会很好沟通,络宇和李同认识不到七个小时,却已经无话不说。

第二天,太阳爬上窗台的时候,络宇刚睡了一个美容觉醒来,脸色干净。她从箱子里拿出一件玫瑰灰的长裙,玫瑰灰是一种很好的过渡色,飘飘洒洒,宽宽松松,直及脚踝,上面的小花闲散地开在一个角落,看着也是一种诗意地栖居,配一双平跟布鞋,络宇对着镜子满意地笑。李同已起来了,在门口他看着络宇沉默了5秒钟,络宇对于男人的眼光向来能计算精确。他们一起河边散步,清晨的黎里像睡醒的美人,清新透明。小河里开始喧闹起来,小船划过水的声音让人沉浸其中。络宇不想说话,过了好久一扭头,看到李同在望着她说:"络宇,你就像是一幅画儿中的风景。"说这话时,络宇象牙色的鞋子在阳光下发出一圈柔和的光泽。络宇笑,她知道他的话发自内心,络宇自信还真有些江南水乡的韵味,从长相到服装。

中午时,他们去吃饭,李同陪络宇一起啃鸡爪,络宇外表清灵,却喜欢吃一些不入流的食物。李同跟着络宇学,吃得满嘴流油,像个小男孩,一顿饭吃得差点让络宇笑晕了过去。黎里很美很小,他们大部分时间是在街头流连,累了,就在附近的民居门前坐下来晒太阳,喝一杯小镇的茶水,大部分时间不用说话,眼里都是风景了,满眼满心,一不小心就惊动了。

第三天,络宇穿的是那件鸭蛋青色的短款中袖侧排扣收身裙,一串长长的相思豆在腕端缠缠绕绕,说不清的风情。络宇和李同去小河划船,络宇坐在船头用手撩拨着水花,看着李同划船时笨拙的模样。更多的时候,他们就让小船在水上飘着,漫无目的。碧绿的水可以透底,看到小石块。李同看着络宇笑。很多年后,络宇看《人间四月天》时,看着徐志摩和林徽因划船,她的泪落在了布衣上。

黄昏,枫红色的霞光撒在络宇的脸颊,李同在青石板路上突然停下看了络宇三秒,然后把眼睛移开说:"怎么办,我都有些乐不思蜀了。"络宇的心里一下子就有些怅然,明天李同要走了。络宇很清楚,他们只是过客,相遇了是缘分,分开了也是情理之中。络宇没有回应他。李同突然就说:"晚上我们去河边放烟花吧。"黑得通透的晚上,小河边灯影闪烁,他们蹲在河边静静地放烟花,挥舞着手上的小棒子,顶端有璀璨的火花。络宇看到李同的脸上闪着光影,忽明忽暗,络宇一下就有一种伤感,心动了一下,怎么可能,络宇与男友在一起已5年了,这算什么?可络宇的心分明晃动了。在烟花黯淡下来时,李同突然牵住了络宇的手,温暖有力,络宇没有拒绝。有一种邂逅可以是没有缘由的,但它真实的存在,就像一个陌生人的拥抱有突然的真诚并没有想象的邪念,他们之间什么都没发生,仅仅只是牵手而已。

那个晚上络宇和李同在小河边坐了一夜。第二天清晨的时候,李同就要返程了,络宇也决定提前结束行程。时间的长短真的没有太大的关系,对一个地方的思念跟你的皮肤相关,跟裙裾相关。临走前,络宇换上了箱子里最后的一套布衣,那是一条黑色的连体裤,配上长及腰的宽松白衫,像一副素描画。络宇把长发披散,涂上了浅玫色的唇彩。

拎着包出门时,李同已等候在门口了,他看着络宇,只说了一句:"络宇,这辈子我大概不能忘记你了。络宇笑了。"李同要回去娶妻,络宇也要回到心爱的男友的怀抱,和他一起说一生一世。其他的,的确太奢侈。络宇不贪婪。过客的故事演绎下去多半并不美好,生活还是需要有轨道的。美好的只要留在心中就足矣,虽然会有些淡淡的伤感。

沉默了好一会儿,李同对络宇说:"其实,那一天我是看到你的背影跟上来的,不是什么巧合。"络宇笑着摇头,这又有什么关系?分开时,络宇和李同说:"我们都同时转身吧,不要回头。"一步两步,络宇真的没有回头,但络宇有一种感觉,李同一定在看她的背影。络宇的长发飘起,飞扬在黎里 5 月的清风里……那五套江南布衣被络宇放在了柜底,再也没有穿过,它只代表了一种纪念和忘却。有些东西是为了保存的;有些人,是为了相遇以后别离的。

\>\>\>

<<<

最好的东西都不是独来的

爱情真的是有天意，没道理的。你能把握的不过是自己。

那样的微笑

大学毕业后，怀明分到了长沙，小颜还在武大读研究生，那是个长满美丽樱花树的地方。最初的一年，他们每周末来来往往地见面。怀明回来时，在樱园的宿舍下拿一颗小石子敲二楼小颜的窗，小颜探出头来，潮湿的樱花瓣落在肩膀，他们那样地微笑。更多的时候，小颜在周末的晚上坐三个小时的火车去看怀明，没有座位，只有站票，这不要紧，有怀明在等小颜啊。小颜手里拿着一捧雏菊，这是小颜亲自种的，也是怀明喜欢的。每周小颜都会摘下一捧带给他。人未到，花先举起来，怀明看到花就看到小颜，在站台上他会抱着小颜转起圈来，那时的感情啊，怎么看怎么天长地久。

与怀明在一起的日子是和火车，和鲜花相连的，以至小颜对火车有着特别的感情。而列车员几乎认识了小颜。有一次，小颜临时没有买到票，列车员带小颜找到了餐车，还免费送了一杯茶水，下车时，小颜要补票，他却笑笑："你有鲜花通行票啊。"小颜笑了。真是，原来每个人心中都对年轻的爱情心存感念啊。

与怀明相关的一切都是那么地美好。一年后毕业，小颜对怀明说,她想去深圳,那是个四季如春鲜花盛开的地方,她喜欢。怀明只是想了片刻,就同意了,他是那么地爱小颜:"如果不能给你整个春天,那么,至少我们可以换个地方长相厮守。"

怀明对小颜是那样的好。以至小颜对朋友们说,这一辈子,除非小颜离开怀明。他是不可能离开小颜的。"是吧,怀明。"怀明在一边看着小颜宽厚地笑。

怀明是学医的,很快在深圳一家医院落实了工作。小颜喜欢他身上淡淡的苏打水味和永远温和的笑容。小颜在外企做翻译,深圳的薪水不错。小颜有打算,不出两年,她和怀明都会实现有车有房的梦想,小颜喜欢万科四季花城户户有花台,还有可以听雨的楼顶花园,可以躺在草地上像猫一样地晒太阳,看碧蓝的天空。这样的场景多么值得期待。

可是,小颜发现她的想法错了。一年后,怀明却爱上了别人。这怎么可能?一切都是那么地完美啊。当怀明的表情证实了小颜的想法时,小颜开始有了哭腔:"为什么,她的条件比自己好吗?"怀明摇头,小颜坚决地要去看那个女孩,她的脑子已不听使唤了。见到刘华时,小颜突然觉得是上天向她开了一场玩笑:刘华长得很一般,也没有特别的家庭背景,怀明为什么会爱上她?小颜是个自尊心极强的女孩,在和怀明坐下来也许是最后一次吃饭时,小颜只是说:"想当初真不该来深圳。"怀明表情很复杂地望着小颜:"小颜,我知道你无法原谅,也不能容忍背叛。我知道你生气的原因是我怎么可能喜欢上一个各方面条件都比你差的女孩,但是,爱情,真的是有天意没道理的,我没有办法解释。"

那是小颜最悲哀的一段时间,不是为怀明的离开,而是觉得爱情怎么那样没道理可言,再怎么样,怀明也没有离开她的理由。

全鱼的跳舞

苏南拯救了小颜。她看到小颜的样子,摇了摇头,什么也没说,带着小颜去了一个地方,那一天真的很特别,她居然对小颜说了一句和怀明一样的话:"爱情有时是有天意,没道理的",不过加了一句:"你能把握的不过是自己。"小颜愣了一下,也许正如苏南说的吧,可这又怎么样?小颜还是无法自制无法想得通。她没想那场全鱼宴却让她愣住了,一场宴席,从头到尾,苏南几乎都没有说话。只是看着一道道菜给小颜报菜名:最先上的宫保鱼丁,加了一些辣子;第二道菜是椒香鱼排,很酥脆;接着糖醋鱼条,香椒鱼鳞,没想到鱼鳞也可以做菜;蒜烧鱼尾,鱼尾的味道其实也很不赖,好像特地用盐淹了一下,大蒜碎末,青色鱼尾,红椒浸在其中;紧接着砂锅萝卜鱼头汤上来了,白白汤汁,香浓味儿;在小颜还没反应过来时,泡椒鱼杂又喷香地呈现在小颜面前,正好下饭。看着一条鱼居然能做鲜美夺目的8道菜,小颜有些目瞪口呆。

苏南这才慢慢说话了:"看到了吗?女人也可以活得像一条鱼那么精彩纷呈,艳光四射。这点挫败算什么?"小颜一下明白了,看着苏南,她笑着笑着又哭了。

那顿饭让小颜想了很多。

一个人在深圳是寂寞的,小颜整夜整夜地看碟,一盘接一盘,流着泪但很清醒。然后小颜听到电台的一档碟评节目,是在深夜,小颜给他们打去电话,谈一部碟片的看法,没想到,第二天主播就让小颜去兼职主持,小颜的嗓音不错,那档节目让小颜非常有感觉。在细雨的深夜,小颜坐在安静的播音室里,用声音和思想为自己疗伤。小颜的笔记也记了厚厚一摞。又意外被一家出版社联系让小颜出书,小颜想,一切也许都是无心插柳柳成荫吧。

既然想不明白,小颜不让自己再想感情的事。工作也成了小颜的避难所,小颜是学外语的,做翻译,翻资料,很枯燥,但小颜要求自己做到最好,为此,小颜还读很多外文和中文的图书,有些东西是相辅相成的,只有这样,才会有底蕴,把一些细节处理好。小颜终于相信慢工可以出细活,她也因此知道为什么人和人做相同的事可以做得如此不一样。

那段时间,小颜变着法儿让自己开心点。小颜曾经的理想是开一家"小颜的厨房",让白领们远离垃圾食品，环保和特色情调美味，她相信都能达到最佳状态，做菜本就是她的拿手戏。现在，在这段空白的时间，小颜规定自己每天弄一道创意菜，自娱自乐，比如苹果粥，还有用冰水汆苦瓜，比如试着用黑豆打豆浆，比如用豆渣做小点心，想一些别人想不到的方法，精彩之处再把它们记录下来，没准还可以出书呢，这是私房菜，独门秘制。每天小颜在自己的小蜗居里忙活着，也许，把自己养好总是不亏的。小颜买来精致的瓷器，试着用不同的碗装菜，找好最佳的搭配，在灯下一点点地欣赏。原来，任何事物都是可以出神入化的。

接下来，自己吃得不过瘾，小颜开始请自己最好的朋友和同事来分享。第一次，小颜记得很清楚，她别出心裁地弄了一只纸火锅，这是一种特殊的材料，不怕火，可以让味道更渗透更地道。里面放上一些杭白菊，加一些简单的海鲜，这是一种日式风格的火锅，很清淡，菊花去火清热，再配上小颜的红油蒜香鱼杂，糙米饭，简简单单，同事加好友丽香边吃边说："你不开餐厅可惜了。"小颜笑："开也只能开私房菜厅，就叫小颜的厨房，在自己家里，你们都来捧场。"

爱情没道理

宁生就是这样出现的，他在广州工作，是来深圳出差的，正好被朋友带来让小颜招待，朋友说出双倍的钱。小颜笑了,问了宁生的口味,准备了菜单:小葱豆芽爽、素鱼面、生炝小虾小鱼,先放在微波炉里烘焙,再加鲜红椒焖;有一小碟盐水花生,被小颜取了一个好听的名字:微风中的藤椅,因为这是最恰当的搭配,是那样的妥帖。宁生一边吃一边对小颜赞不绝口,他是个不俗的男人,谈吐得体,还长得有点帅,可这跟小颜又有什么关系?他们还挺聊得来,他以为小颜是专门搞餐饮业的,最后一问才知道小颜是翻译,他眼睛都直了:"真是了不起,你的脑袋是怎么生的?"小颜说她是全鱼之舞啊,小颜做了一个游泳的姿势。宁生哈哈大笑。那餐晚饭后,小颜进厨房为他们端上了最后一道甜汤,是小颜用小孩子吃的米粉做成的小汤圆,桂花还是去年自己捡来洗净封好的。宁生听说之后,意味深长地望了小颜一眼:"你真是个特别的女孩。这顿饭价格不菲吧,我买单。"小颜无所谓地一笑:"你来就是客人。自然有人买单,不过很便宜的。我是做着玩的。"

小颜没想到,宁生会爱上她。他开始每个周末来深圳,借口吃小颜的私家菜,而且是一个人来,小颜应付他,绰绰有余,因为她没有任何的负担。听朋友说,他的家庭小有背景,家里已为他选好了一门门当户对的亲事,女方马上要出国继承财产,不久的将来他也要出国。小颜只当别人的事在听,这些跟她毫无关系。在小颜眼中,他只是一个喜欢待在小颜的"厨房"里跟她聊天的男人。而他却节外生枝。那一天,当他吃完小颜做的重庆棒棒鸡时,突然握着小颜的手说:"小颜,嫁给我,好吗?"小颜笑笑,抽出手:"别开玩笑,我们门不当户不对的,何况我的心现在不在这儿。"

宁生说:"我是当真的,爱情有时是没道理的。去他的门当户对吧。对我来说,有什么比感觉更重要?我喜欢你,就这么简单。"小颜这才知道问题严重了。宁生也说出了这样的话,和两年前怀明的话一样,小颜的心有些疼。

小颜继续她的生活,翻译做得小有名气,客串播音已拥有了不少的粉丝,私房菜已供不应求,但小颜仅仅只是把它作为爱好,点到为止是最好的,任何事情都不必成为负担。

宁生第十二次来深圳时,已辞去了工作。他站在楼下给小颜打电话:"我现在已净身出户,你欢不欢迎我?"

小颜愣了一下,探头望去,他微笑着迎上小颜的目光,小颜也笑了。其实,爱情是没有道理可讲的,它总有些意外不合情理,小颜终于明白了这一点,现在她对变幻莫测的爱情没有任何的恐惧,就像苏南所说的,你能把握的只是你自己。做好了自己,才知道:最好的东西都不是独来的,它伴了所有的东西同来。

怀念四合院怀念爱

世上所有的感情都是公平的。每个人内心都有缺口，填补的方法不一样，那么回报也会不一样。

四合院的冬天

钦在北京读军校的时候，欢子已毕业，本来可以在当地有一个好的单位，可欢子放弃了一切，只为了追随钦。欢子来到了北京，钦临时给欢子找到了一处胡同里几近废弃的四合院。小小的四合院分租了三户人家，欢子住其中一间大约 12 平米的房子。钦抱歉地看着欢子，欢子却十分满意，这儿离钦近，简陋一些又有什么关系？何况坐在门口便可看到阳光和蓝天，多么惬意。钦平日都要住在学校，要点名，只有周末才能来欢子这儿，晚上再赶回去。

欢子用了一天时间来布置她的小屋，去前门买了几米白色冰纱，给小小的木窗做上了窗纱，把三元钱一块的米色棉布洗干净，晒干，黄昏时收进来，铺在两个床垫做成的床上，家便有了温馨的气息。欢子还去潘家园淘来一个小小的煨汤罐，放在房间外面的走廊上，这样，屋里屋外便都是汤的香味了，北京的冬天少不了暖和的汤汤水水啊，钦可以来欢子这里喝欢子亲手煲的汤，这是一件多么幸福的事。当欢子在四合院的走廊上摆弄汤罐时，发现了对门小屋里一个男孩在冲她友好地笑，后来欢子知道，他是在南方工作一段时间后，到北京来考研的，因为这里离上课的大学近，所以暂租住在这里。欢子没有过多的搭腔，欢子心里已经被钦给她的幸福填得满满的，没有那么多兴趣去观察别人的生活。

一个周末，北京刮了很大的风，这里的风是夹杂着风沙的，气温骤降。欢子去菜场买来了新鲜的猪蹄还有花生米和黄豆、老香菇，她要熬一罐香浓的猪蹄黄豆汤给钦喝。那天黄昏，天气慢慢好转，欢子搬来一张椅子，舒服地坐在院子里看书，边上的汤罐冒着热气。钦在这时进来了，悄悄走到欢子身后，一把搂住了欢子。那样的情景在欢子的记忆中一个绝美的风景，是那么的完整和不可说。

晚春的北京胡同

欢子是个爱美的女孩，喜欢花不多的钱把自己打扮得漂亮。那时北京有秀水街，有很多外贸商品，花10元钱就可淘到漂亮的披肩。

欢子把并不精致的披肩披在身上，跟钦穿过长长的胡同——欢子记得那是一条湖绿色的披肩，——一个有月亮的夜晚是去吃街口的"冷淡杯"。"冷淡杯"是欢子自己借用的称谓，啤酒加凉菜，胡同口有北京的一条小吃街，可以坐在四合院里吃冷淡杯听曲子，而欢子和钦只点啤酒跟凉菜，对饮几杯，人便觉得醉了过去。一碟北京的"麻小"还有一碟凉白菜，看看慢慢暗下来的天色，欢子的披肩在风中摇曳多姿，钦常常看着欢子说："欢子，你多美，我一定会为你买最好的披肩。"那一天，大概都喝得有点醉吧，钦扶着欢子慢慢地在胡同里散步，碰到一家烤羊肉串的，欢子露出了惊喜的眼神，钦抬手看看表"十点差十分"，他们学校管理很严格，要在十点之前赶回宿舍的。钦没有任何的迟疑，说："烤20串吧，再来一瓶啤酒。"他们就那样站在胡同边，边吃鲜嫩的羊肉串，孜然粉辣得实在过瘾，啤酒是清凉的，夜风是温柔的，钦边吃边爱抚地擦去欢子嘴角的孜然。胡同的月色撩人，钦为了欢子迟到了十分钟返校，钦说他心甘情愿受罚，也不愿错过一个与欢子相守的美丽夜晚。

那是欢子的北京，有钦还有夜色中的温情。月色下，欢子的湖绿色披肩像水一样清爽，随风吹扬。

生如夏花

日子像水一样流过，欢子很快在北京找到了工作，待遇不高，也不是欢子所学的专业，但因为钦，欢子心甘情愿。

一个人时，欢子喜欢收拾四合院，清理院子里的杂物，从花鸟市场买上几盆开得正欢的月季或是合欢花，小院一下就热闹起来。黄昏时，欢子给花浇水，看着它们在风中欢笑，欢子的心也是这般欢愉的。

钦临近毕业，来得越来越少，欢子问他，他总是疲惫地回答，忙。找工作压力大，欢子不会再说什么，钦找一个好工作，将来他们的生活才会更好。可欢子一个女孩举目无亲地在北京生活，那种寂寞不是常人可以理解的。

周末到了，钦说今天可以抽空来看欢子，欢子很欣喜，哼着歌儿擦地板煲汤，不想煤炉突然就燃不着了，欢子很着急，呛着烟弄得灰头土脸的，趴在地上吹，越着急越没用。这时，四合院对门那个有点头之交的男孩笑着走过来："我来吧。"欢子感激地点点头，他用木头架起来，轻轻吹了几下，火苗就温和地蹿上来了。欢子松了一口气说："谢谢。"他笑着对欢子说："江吴。你的邻居。"

那一天，因为欢子的心情很好，就跟这个已经做了三四个月邻居却很少搭腔的男孩聊起天来，他说复习已进展得差不多了，他在北京的日子是漂着的，身边没一个朋友，他说每天看着欢子浇花煲汤就觉得心情很好，他很感谢欢子。欢子有些意外，没想到自己一些无关的举动却能让他这般的感激。江吴知道欢子的情况，由衷地对欢子说："你的男朋友真幸福。"欢子也笑了，这是个让人觉得舒服的男孩，说话很有分寸。

那天欢子的筒骨花生汤煲得特别的香浓，可是等到7点，钦都没有来。欢子的心一点点沉下去，几次去屋外热汤，天慢慢暗下来了。欢子索性坐在外面的藤椅上等。过了8点，钦不会来了。那时，没有手机，他是没办法通知欢子的,欢子还是理解钦,肯定有忙得脱不开身的事。可是欢子真的很失望啊。

欢子看到对面的门是开的,江吴坐在里面边吃泡面边看书,欢子想了想,就走过去说:"一起喝汤吧,我一个人喝不了,浪费了。"他看了看欢子的脸色,明白了。他说:"也许他很忙,毕业时都那样,找工作不容易,再说同学在一起也只有那么短短几天了。你看你,一个女孩,一个人在北京,不照顾好自己怎么行呢?"欢子是个不争气的人,听了几句他安慰的话,眼泪落了下来。那天,在外面小院的石头小桌上,江吴陪着欢子一起喝汤,欢子很少说话,各怀心事。

钦有好多天没有来了。欢子的心一点点沉下去,欢子有不好的预料,他们之间一定会发生什么。果然,半个月后的一个周末,钦来了,脸色有些异样,欢子欣喜地准备起身煲汤,钦挡住了欢子,示意欢子坐下,欢子的笑收敛起来,感觉有些不对劲。钦终于开口了:"欢子,对不起。"欢子的泪落下来了,欢子太了解钦了,欢子知道他要说什么。欢子稳了稳神,淡淡地说:"你有什么事一定要对我说,我是那么爱你。"钦终于说了,他要对欢子提出分手,他毕业后要进一个中央级单位,一位对他有好感的女同学帮了他不少忙。"你知道的,欢子,我很为难,我们这样的专业不进一个好单位就没有任何前途,我想做出一番事业来。"欢子没有听他接下来的话。她的脸色苍白,欢子居然说出了那句台词:"钦,你没有灵魂。"钦还是走了。欢子发现一个男人变心的时候,女人即使泪流成河也无济于事。

钦最终留在了北京,而留给欢子的是生活的残局。

所有的感情都很公平

欢子是在昏睡了两天后,听到敲门声的,欢子以为是钦,一跃而起,没想到是江吴,他担心地看着欢子:"你还好吧,那天我听到了你的哭声。你很少大声说话的,有什么事吗?你的脸色很不好。"欢子哇地一声哭起来。江吴在一边默默地陪着她,他给欢子泡了一杯茶,然后去菜场买来了一些新鲜的青菜水果还有一小盆羊齿草,左拥右抱,满载而归。他把羊齿草放在欢子的桌子上,笑着说:"你喜欢花儿,这羊齿草好养,给点水就会活得很好。"欢子没有吭声,他忙着在院子里给欢子炖汤,半个小时后,香味弥漫了整个房间。那个黄昏,欢子没有胃口,也没有说话。江吴把汤添到碗里,只说:"一个女孩太让人心疼,你是一个人在北京啊。"欢子的泪又落了下来。

欢子不知道这个阶段到底持续了多长时间。江吴一直在照顾欢子。欢子的心总算平静下来。欢子想她既然来了北京,就不会再回去。她开始重新上班,情绪仍然不好。江吴每天在小院里煲汤等欢子回来。每天走到四合院门口时,闻到汤的香味,欢子的泪总是涌上来。钦，为什么人和人是如此的不同？

几个月后，江昊考上了研究生，同时开了一家小小的信息公司，边读书边赚钱，日子过得风生水起。有很多次欢子很诧异，这个平常的男孩所有的生活都这样有条不紊，却能让人目不暇接内心踏实。欢子的脸色慢慢红润起来，小小的四合院里开始有了笑声。有一天傍晚，江昊又捧回了一盆长得正好的小橘花，金色的橘子挂满枝头，他对欢子说："欢子，你知道吗？从你搬进来低头给花浇水的时候我就喜欢上了你，我想，找这样的女孩生活该有多幸福，我想我太没福气了。可是上天垂青我，如果可以，我想以后我努力，我们一定会有一个像样的小花园的。到时你给我满室的花香，好吗？"欢子的泪又落了。欢子知道江昊在实现她的理想。

两年后的初秋，在街上偶然遇到钦，欢子红光满面，一脸滋润的幸福模样，钦的目光非常复杂："欢子，你还好吗？"欢子点点头，钦世俗化的生活并没有他当初想象的那么幸福。他的工作后来出现了变数，由于有更有背景的人顶替而不顺利，他被挤进了一个并不满意的分支机构。感情生活他只字未提。欢子不知怎么又在这时想起江昊，他在脚踏实地地实现自己的理想。那么世上所有的感情都是公平的，每个人内心都有缺口，填补的方法不一样，那么回报也会不一样。欢子祝福钦，也会继续她自己的幸福人生。

<<<

微风大道的冰凉眼泪

如果爱可以退一步,那亚文宁可不要。亚文对刘天说:"你对于我来说,是劳累过后可以停靠的温暖港湾;而子明对于我来说,则是我之所以存在,包括劳累快乐及至忧伤的一切源泉。"

子明说,亚文,我们没有未来

爱上子明,亚文别无选择。她是个害羞的女孩,子明第一次在过马路时把手轻轻地揽在亚文的肩膀上,亚文就爱上了他。那时的爱对亚文来说是那么地势不可挡。南京的秋天是秋天的典范,无边落叶滚滚而下,气势磅礴。亚文就那样挽着子明的手,小鸟依人般靠在他宽阔的肩膀上,并排走在铺满落叶的大道上,亚文是那么那么地爱他,他嘴角的笑涡,微卷的头发,抱起亚文旋转时空气中男人的气息……那时,子明的学校在城南,亚文的学校在城北,早上刚分开,中午亚文就很想见他,亚文会不辞辛劳地搭上车横跨整个城市,只为看他一眼。和他待在一起,亚文无论做什么事效率都极高,亚文带着饭盒,和他并肩靠在草地上看书,看落日,读汪国真的诗,一切都是那么的美丽。

可是,子明毕业后要去北京读研究生,亚文考了,没通过,只得留校。对于离别,他们之间并没有什么承诺,子明情绪没有想象中的激烈,相反有些平静。

那时，亚文想她之于他，还没有成为不可分开的因素。送子明上火车的时候，亚文哭得稀里哗啦，火车开走了，亚文的心掏空一般地难受。

起码有半个月的时间，亚文无精打采，对于新接手的工作也没心思做，干脆请了几天假。亚文每天都看北京的天气预报，如果是晴天，亚文会穿上好看的衣服，如果是雨天，亚文就给子明打电话，陪他聊天。

可是，七月的那个下雨天，子明说："亚文，我们没有未来。"

放下电话，亚文哭了一路。

这种安定之于亚文实在是一种必须，但她心里分明还想着子明

刘天就是这时出现在亚文的生活里的。八月，学校搞一个社团活动，他带队去凤凰。亚文不是个多言多语的人，那一天，刘天问大家想吃什么？大家意见不一，只有亚文淡淡地说了一句："在农家吃大碗饭吧，简单清爽。"黑衣深蓝披肩中长发，落落独行，刘天就是那时注意到了亚文。在微雨的青石板路上，他停顿下来和亚文聊天，语言不俗，加上谈一些社团的工作，彼此还挺聊得来。凤凰的吊脚楼在夜色里弥漫着温柔，晚上，月亮很亮很静，亚文一个人坐在沱江边上看夜色吹风，刘天端了一杯热茶走过来递到亚文手心。

回南京后,刘天就开始有意无意接近亚文。而亚文始终不冷不热。刘天是个实在的人,他比亚文早两年留校,已分到带暖气的两室一厅,而亚文还住宿舍。十一月了,南京已有寒流袭来,刘天邀请亚文去他宿舍吃火锅,知道亚文喜欢吃青菜,他买了各种各样的青菜放在十几个小网兜里,一字排开,亚文要帮他洗,他挽起手说:"你坐在椅子上看书就可以了。"他在靠暖气的摇椅上给亚文放了两本书,还有零食水果,亚文就靠在那里舒服地看书,听着窗外呼呼刮过的风。刘天在厨房里有一搭没一搭地跟亚文讲话,亚文应着声,心里却在想,这种安定之于她实在是一种必须,但她心里分明还想着子明。

刘天的火锅上了桌,房间里开始热气腾腾,刘天看着亚文吃,把调料碟推到亚文面前,笑着说:"我梦想的就是这样的生活。亚文,我会好好爱你的。"听完这样的话,亚文心里咯噔一下,却再也吃不下任何东西。

次年一月,子明来信隐约告诉亚文一个女孩的名字,他说他感到很幸福。亚文的眼泪哗地就流下来了,子明真的要离开我了吗?亚文飞快地买了去北京的火车票。到达北京的时候是清晨,亚文却突然失去了寻找他的勇气。在子明的学校门口伫立良久,她只是裹着厚厚的披肩来回地走。北京的冬天很冷,风像刀子一样刮,可是走在子明的学校里亚文却觉得内心温暖。

亚文一个人默默地去小食堂吃了一个小锅仔。当年，亚文和子明在校园时经常吃的那种校园小暖锅。亚文想也许会碰到子明，没碰到，来看看他生活的环境，也算是了了一桩心愿吧。

晚上，亚文又坐上返回南京的火车，亚文想她应该嫁给刘天了。

子明之于她来说，就像风筝，永远抓不住了。
可亚文想接近他的城市。

刘天带亚文去了他家见了他爸妈，他们开始有结婚的打算了。有一天晚上，刘天突然拥抱亚文，看着他的眼神，亚文知道接下来的是该发生什么，亚文却不知为什么一下推开了他，然后，亚文抱紧双手连说了几个"对不起。"最后亚文无奈地对他笑着说："我今天不方便，换个时间好吗？"刘天体贴地说："没关系，我们都要结婚了。"

背过身去，亚文的泪却静静流了下来。

一个月后，一个鸟语花香的清晨，亚文突然接到子明的电话，他的声音依然是那么爽朗："亚文，我在南京。在学校的心园餐厅等你。"亚文几乎是穿着拖鞋飞奔而去。到达餐厅时，子明依然是温暖地微笑着看她，亚文一下就扑到了他怀里又哭又笑，子明摸着亚文头发，说："亚文，你一点没变。"那一天的小暖锅亚文吃了很多，胃口出奇地好，和子明喝了两瓶酒。

子明是来南京办事的,他马上要研究生毕业了,还准备出国,和那个女孩早散了。亚文的眼睛一下黯淡下去了,子明又要走了。子明问亚文的情况,亚文淡淡地说她要结婚了。

亚文想子明之于她来说,就像风筝,她永远也抓不住他了。可亚文想接近他的城市。那一次子明来后,她才下了决心,不管怎么样,不会和刘天结婚了,因为这对他对亚文都不公平。亚文决定继续考研,子明出国还有半年,在这半年,亚文还可以争取去北京和他待在一起啊。

亚文开始拼命复习,夜以继日,因为有上次的经验,亚文很快进入了状态,加之有明确的目标,次年元月,亚文顺利通过了考试,考上了子明所在高校的中文系研究生。去北京报到安顿下来后,亚文把自己收拾整齐,敲响了子明的房门,带着一脸的神秘。子明自然很高兴,不过他有些意外地问:"亚文,你不是要结婚了吗?怎么有空来看我?"当亚文告诉他一切的时候,子明深深地看了亚文一眼,亚文知道他心情很复杂。

那一天晚上,他们去校园丁香阁吃小罐鸡汤,亚文和子明聊得热热乎乎,亚文莫名其妙就流泪了。短短的一年,亚文的情绪几起几落,但是和子明在一起,她才变得如此地安定和开心,子明有些慌乱,说:"好亚文,怎么了?"亚文摇了摇头,问他:"打算什么时候出国,一切手续都办妥了吗?"他说大概五月份吧,手续都差不多了。亚文心里刚涌上来的喜悦连着伤感一阵接一阵。

和子明在北京也只有短短的三个月相处时间了,亚文对子明提出了要求,这三个月只要有时间就要跟她在一起:他们一起上图书馆,在梧桐大道上散步,一起去操场跑步,一起吃小暖锅,一起骑车去兜风,亚文把她最美丽的时候留给了子明。

同时,亚文瞒着子明开始拼着命考 GRE,亚文想不能和子明在一起,但起码他们可以并驾齐驱,爱他就要追上他的脚步。亚文的潜力前所未有地发挥出来了,也许子明只是一个影子,但是对亚文的前行却有特别的意义。

五月时,子明飞赴加拿大,亚文去机场送他,他摸了摸亚文的短发意味深长地说:"亚文,你比以前更漂亮了。保重。"在转身的一刹那,亚文落泪了。

子明像多年前一样拥抱她,说:亚文,我们又在一起了,这一次让我们都不要放弃。

一年后,亚文顺利通过 GRE 考试,回南京办理有关出国手续时,很巧地碰到了刘天,他还是孑然一身,看亚文的眼神仍然有当初的心疼。那一天,亚文跟着他回宿舍吃小火锅,在烟雾袅袅中,刘天问了亚文一句:"亚文,为什么,是我不够好吗?"亚文摇了摇头,亚文对刘天说了这样一句话："对不起，刘天，你对于我来说，是劳累过后可以停靠的温暖港湾；而子明对于我来说，则是我之所以存在，包括劳累快乐及至忧伤的一切源泉。"就这么一句话，刘天低下了头，说："我明白了。祝你幸福！大概什么时候走？"亚文说后天吧，从北京起飞。刘天把手上的一杯酒一饮而尽。

离开北京前，亚文去外贸店买了一些棉质的衬衣，准备带出国去，终其一生，亚文追求的不过是一些最本真的东西。包括对子明，亚文始终坚持自己内心的感觉，从不妥协。

飞机抵达加拿大蒙特利机场时是一个黄昏，天空的晚霞美得令人心醉，子明捧着一大束玫瑰花在机场接亚文，像多年前一样拥抱了亚文，说："亚文，我们又在一起了，这一次让我们都不要放弃。谢谢你。"亚文伏在他肩上轻轻地哭了，亚文一直以来的欢乐忧伤又有了价值，一切真的很好。

<<<

茶绿色的小炎

失恋从来没有减少过她对爱情的热情，下一次恋爱她照样投入得如同初恋，没有什么看破红尘和覆水难收。这是个不俗的女人。

认识小炎是在火车上，当时她们那一小节卧铺车厢只有两个人。对面的女孩很清瘦，主动向清玫微笑，清玫不太喜欢和陌生人搭腔，回笑了一下。天慢慢暗下来了，小炎望着窗外，一个人又在不时发笑。看着她，不知怎么的，清玫开始觉得这个女孩很有意思。一会儿，小炎的酸奶喝完了，她去把奶瓶洗了洗，放了点水，把头上的栀子花摘下来，插在了酸奶瓶里。清玫笑了，的确，这是个让人有好心情的女孩。

很自然的，清玫和小炎聊了起来。小炎是去北京看望男友的。她说男友读研还没毕业，而她已工作两年了，在学校教英语，钱不多，都花在路上了——她每周五都要坐火车赴京，周日晚上再回来。为的只是两天的相会。"累吗？这样来回奔波？"清玫几乎有些同情她。她莞尔一笑："爱情，爱情多美好。"清玫也不禁笑了。是啊，清玫也是那个年代过来，知道爱情的力量，但是这么多年过去了，清玫早已不是那个对爱情有憧憬的女人，那是太虚幻的东西。

后来，清玫知道，小炎的单位和她隔得很近，她们留了电话，偶尔会约着一起吃饭。

从北京出差回上海后，很长时间清玫都没有再见到小炎。

一个下雨的午后,突然接到小炎的电话:"玫姐,有空吗?一起吃饭?我请客。"清玫愉快地接受了她的邀请,毕竟这是个让人放松的女孩。清玫和小炎约在两人中间地方的一家茶餐厅见面,走过去不过几步路。小炎早到了,比前几个月瘦了许多,倒显得眼睛特别清亮。她看到清玫,照例笑了一下:"玫姐,你来了。"她点好菜,对清玫说:"还去北京出差吗?我是再也不能去了。"清玫一惊,知道发生了不好的事。小炎顿了顿:"我与他分手了,他提出来的,说以后有很多实际情况很难办,他想留北京。"几句话在小炎口里轻描淡写地说出来,却让人感到一股悲凉。那天在火车上看到小炎的幸福模样,清玫本想说,不要对爱情太投入。可当时忍着没说,没想到小炎的事这么快就印证了她的话。

清玫安慰了她许多,小炎没再说什么。吃完饭,小炎对清玫说:"玫姐,跟你聊聊我就舒服了,放心吧。我会好好的。"小炎那一句好好的,让清玫有些想落泪,这么好的女孩也会受到伤害,她还会相信爱情吗?

年末的时候,单位的事很忙,清玫又出了几次差,也去了北京,偶尔坐火车时会想起小炎的栀子花,只是她想,小炎可能再也不会有那样愉悦明亮的心情了。

圣诞的前两天,突然下起了雪,这个城市已很久没有下雪了。手机上有小炎发来的信息:"有空吗?一起去公园散散步?"清玫笑了,正合她意,这样的天气,再说清玫已很久没有见到小炎了。小炎穿了一袭灰色长袄子,外面裹着一个大大的茶绿色羊毛披肩,在雪地里分外妖娆。小炎比以前更漂亮了。清玫还没开口,小炎又说开了:"玫姐,我又恋爱了。这回不用再长途跋涉了。"和小炎慢慢地沿着公园的空地散步,雪还在下,小炎快乐地在前面捧起手倒退着走,清玫笑着说:"还这么投入吗?"小炎想了想:"情同初恋。"清玫一愣,清玫以为小炎会说:怎么会呢?现在的女孩越来越懂得收放自如,何况小炎这么冰雪聪明。可是她总是让清玫意外。

原来,失恋后很长时间,小炎拼命工作,想忘记不快,她的英语在那一段时间突飞猛进,还评上了优秀教师。她对清玫谈起她的新男友,那是他们学校新调来的一个老师,两个人一见钟情。每天男孩骑着自行车带着她出去兜风,小炎买了新鲜的蔬菜在没课的时候为他炒几个小菜,小炎说他很幸福。

小炎在雪地里转了一个圈,笑着向清玫展示她的衣服,"漂亮吗?新买的,每次恋爱我都想把自己打扮得漂漂亮亮。"雪地中小炎茶绿色的披肩是美的,小炎的笑脸也是美丽的。

分手时,小炎对清玫讲起了她的男友还在考托福,说不定会出去,他是个事业心很强的人。清玫一听,又是怔了,心底有隐隐的担忧,小炎再也经不起折腾了。这么容易满足爱情的女孩,但愿这次让她有一个幸福的归属。

又有很长一段时间,小炎没有与清玫联系,清玫想她一定沉浸在爱情中吧,恋爱了的人是会消失的。

第二年的春天,清玫在家里,接到小炎的电话:"玫姐,我在你楼下,能上来坐坐吗?"清玫从窗口望过去,小炎穿着一件白衬衣,单薄得很。清玫猜想一定又有事了。果然,小炎走进来一言不发。在沙发上坐下,清玫给她倒了一杯热水。早春的风还是很凉的,小炎抱紧了双臂,样子有些可怜。果然不出清玫所料,那个男孩考上托福去了国外,慢慢地断了与小炎的来往。清玫有些激动,对小炎说:"说过你多少次了,不要对男人太认真,你明知他另有打算,怎么还对他那么好?"小炎的眼睛一下子红了,清玫还准备继续说下去,可是忍住了。那个春天的黄昏,小炎默默地坐在清玫家的客厅,发了一下午的呆。清玫在暗暗地想,这次小炎该是彻底地醒悟了,一个女人要懂得保护自己,不要那么全心付出,爱得那么傻。

那段时间,因为小炎情绪不太好,她们一起吃了几次饭。她对清玫说她在竞聘一所大学的讲师,下下工夫应该没什么问题。这让清玫为小炎高兴,工夫下在自己身上总不会错的。

这之后小炎又消失了很长时间,清玫有些担心,打电话去问,小炎的声音很兴奋,第一句话就说:"玫姐,我又恋爱了。"

那一天清玫比较有空,就约小炎喝茶。小炎又穿了一件茶绿色的长裙,春色满园,一脸的滋润。她说竞聘成绩不错,可惜人太多了,还要进行第二轮的考试。不过,她在复习的过程中认识了那所大学的一位老同学,两个人很聊得来,后来慢慢好上了。清玫有些想笑了。"小炎,你怎么不吃一堑长一智?"因为清玫知道那个男孩家境很优越,个人条件也非常好,已是学校最年轻的副教授。小炎微微一笑:"爱了就爱了,怎么可能考虑那么多呢?那就不是爱了。"清玫又愣住了。小炎怎么如此执迷不悟呢?她有些不理解。清玫想,不出几个月,她又要见到她愁眉苦脸的模样了。

可是,清玫发现这次她错了。小炎又消失了很长时间,沉浸在恋爱中了。

大半年后,清玫接到了小炎的电话,她要结婚了。送请帖时她们见了一面,是在她的新房里,那是大学校区里一个很雅致的小两居,小炎布置得很好。客厅是茶绿色的窗帘,非常安静清雅。小炎的笑脸显示着她的幸福,她泡了一壶茶对清玫说:"玫姐,你相信吗?很多次爱情都是为这次做铺垫的。我在那次失恋中学会了泡一手好茶呢,尝尝吧。"

正说着,小炎的未婚夫回来了,一个很有风度的年轻人,一看就有良好的教养,对小炎非常地呵护。

离开小炎家,清玫还在感慨,失恋从来没有减少过小炎对爱情的热情,下一次恋爱她照样投入得如同初恋,没有什么看破红尘和覆水难收。这是个不俗的女人,因为她始终热爱爱情,她懂得在恋爱中不断地修炼自己。这是个茶绿色般清新的女人啊。

<<<

那一缕徐家汇的阳光

在那一刻，林灿明白了刘畅的良苦用心。很多年后，林灿早已平静地放下了刘畅，却不能忘记那个特殊的情人节。

与刘畅分手8个月时，情人节到来了。那时，林灿的内心并没有恢复平静，林灿没有新的感情，也忘不了刘畅。和刘畅分手是因为刘畅坚持去上海，而林灿却不想离开广州。而且他们俩人的性格不是太相投，有许多早就破裂的端倪，工作的分歧只不过是原因之一。大家都是平静的人，最终的分手在情理之中。

可是，分手后林灿发现，她最终忘不了刘畅，这方面林灿并没想象中的理智。林灿发了一个短信给刘畅："情人节欢迎我去上海吗？算作一次别离和纪念，好吗？"林灿神经兮兮地等待着刘畅的回复。都这么长时间了，真不知刘畅怎么想，如果拒绝，那会是一件多么难堪的事。

半个小时后，刘畅还是回了短信："如果你愿意，就来吧。没来过上海吧，欢迎你来。"林灿的欣喜在预料之中——依刘畅的性格，他不会让林灿难堪。林灿准备好了几件漂亮的衣服：黑色印花长裙，大V领显出女性的妩媚；烟灰色的披肩配玫红吊带是经典的传奇。林灿把衣箱收拾好了，又把火车的车次以短信的形式告诉了刘畅。

火车到达上海的时候，林灿早已梳理好了头发，涂上了浅淡的眼影,那件皱折米灰长衫衬在黑长裙中是林灿旅行的最爱。虽然不知结果如何,但这次分别的重逢同样让林灿心动不已。

走出检票口的时候,林灿左顾右盼并没见到刘畅的身影,她再看了一眼手机,确认他收到了车次的信息。这时,一个理着平头穿着深灰色休闲衣的小伙子走了过来,笑着问了林灿一句:"是林灿吗?"林灿疑惑地点头之后,他笑着接过林灿手里的东西,说:"我叫任泉,是刘畅的朋友,这几天公司派他出差,让我来尽地主之谊吧。"说着,试探地望了林灿一眼。林灿的心一下就凉到了冰点,聪明如林灿,怎么不知刘畅的想法,他显然在回避。

可是来了,是没办法走的,显得太没度量。林灿跟在任泉后面,他带林灿去了一家叫"驿开"的小酒店,这家小酒店是上海的一幢旧楼房改造的,有着小庭院、雕花栏杆和落地玻璃门,平常都是要预订的,价格不贵,很多人是慕名而来。任泉看着林灿的脸色慢慢地缓过劲儿来了,说:"还满意吧,刘畅跟我说过,你是个极有情致的女孩,这样的地方很安静,适合你。"林灿回过头谢了他。他让林灿先休息一下,待会儿他来接她吃饭,他开玩笑地说:"喜欢吃什么随便点,刘畅掏腰包。"

林灿洗了脸,躺在床上,把脸埋在洁白的枕头里,高大的梧桐树影子正透过格子窗棂投进来。林灿心里有些埋怨刘畅。不是因为他，她不会选择这个时候来上海，情人节让别人陪是一件多么尴尬的事。

还是有些累了，睡了一会儿，电话铃就响了，是任泉的声音："下来吧。今天情人节，我是单身汉，就算是你陪我，好吗？今天我们有个单身聚会，就我没有女伴。"林灿这才释然，叹了一口气，说："好吧。我马上下来。"

本来不想怎么打扮的，后来转念一想，不枉别人麻烦一场，总得给人面子。林灿把带来的烟灰色羊毛大披肩拿出来，那件玫色裹胸让林灿的女人味呼之欲出。她淡淡地扫了一下胭脂，涂上了珠光唇彩。

任泉已经在院子里等她了。他看着林灿满意地笑了。伸出手做了一个绅士礼，示意林灿出门。沿着上海干净的小街道走，满街都是情人节的玫瑰，鲜花的香味一下包围了林灿。毕竟和陌生的男人在一起，面对浓浓的情人节气氛，林灿还是有些拘谨。任泉看了林灿一眼，在一家小花店前停住了脚步，买了一束带着水珠的香水百合递给林灿："这种花适合你。花儿属于美丽的女孩。"

那天晚上，满街的女孩都拿的都是玫瑰，只有林灿拿着清雅的香水百合，显得与众不同。街上的人都在侧目。任泉得意地吹起了口哨。

任泉带林灿去的是一家干净的小火锅店，他说："我是听刘畅说你喜欢吃火锅的，温暖。"这句话让林灿的心暖洋洋的。任泉的朋友都来了，加他们一共是6人。情人节以这样的方式出现在餐厅毕竟是少数：应该是在有情致的灯光下，情侣们两两相望，含情脉脉。林灿有些感激任泉的安排，这样至少让林灿免去了尴尬。他们坐定，在座的男人一齐向林灿侧目过来，林灿这才发现，在座的就她一个女孩。任泉笑着说："我们是单身，今天就我幸运，临时捡来了一个女朋友。"

一切的顺其自然让林灿的胃口不错。林灿发现那一天全都是她爱吃的东西：细嫩的羊肉片，生炝紫包菜、基围虾还有冰啤，还有阔口玻璃杯里苦瓜汁，也是林灿的最爱。林灿是个爱吃的女孩，虽然这个情人节过得莫名其妙，但面对这么好的进餐环境和可口的美食，林灿的心情有些异样。所有的男士都夸奖林灿漂亮，一顿饭吃得她轻飘飘的，愉悦而轻松，鲜美的火锅吃得热火朝天，然后他们一起碰杯：情人节快乐！在座的每一个男孩都送了林灿一个小礼物，有的甚至只是上海红房子里的一小块椰丝蛋糕，用漂亮的包装纸包着，同样让林灿感动不已。

饭后，他们去潍海路上的小教堂里听赞美诗。那天上海难得地下了一点小雨，细碎的雨花让情人节更有气氛了，徐家汇的小教堂里人不是很多，唱诗班在轻轻地诵着，林灿的心在一刹那间空灵起来，那一刻她的眼睛有些湿润。有些情怀是可以和爱情无关的，它们会净化你的心灵。

走出教堂时已近深夜,他们步行去外滩,朋友们都散去了,任泉负责送林灿回酒店。酒店的小花园里还有客人在喝酒,灯火闪闪烁烁,美极了,林灿把大捧的香水百合放进了前台的玻璃花插里,向任泉说:"谢谢,这个情人节林灿觉得很特别。"任泉顿了顿,说:"别谢我,要谢谢刘畅吧,其实一切都是他的安排。"他递给林灿一样东西,让她明天在飞机上看。那一晚,林灿遵守了诺言,没有打开那个小包装。第二天早上太阳升起,林灿拎着行李走出了酒店,那个二层楼的小酒店像家一样在阳光中温暖着林灿的视线。

在飞机上,林灿打开了那个小包装,刘畅的字跃然纸上:林灿,请原谅我的爽约,其实我并没有出差,我想聪明如你,一定知道我的借口。我相信你能理解我的做法。真正的伤害不是分手,而是知道一切不可挽回时仍坚持毫无意义的温情付出,那样的结果我们都明白意味着什么。我安排我的朋友们去陪你,但愿上海之行没有让你失望,如果有的话,那是我的罪过。

林灿的眼泪流了下来,在那一刻,她明白了刘畅的良苦用心。他告诉林灿,他已将她放下,也告诉林灿,要放下他,因为那样才是对林灿最恰当的保护。

很多年后,林灿早已平静地放下了刘畅,却不能忘记那个特殊的情人节——刘畅、任泉以及那一群不知名的朋友给她的一个美好的夜晚。他们是那样的真实,生命中除了情爱,还应该有温暖啊。那一缕上海徐家汇的阳光留在她生命中最美丽的角落。

清欢·分携如昨

秋凉・往来如梭

>>>

<<<

那场茶式之约

这是一场茶式之约,像她生命中的一杯清香的茶。仅此而已。

陈方是我们那一届的班长,他的称呼只有一个:老班长。老班长是班上最有味道的男生,成熟,稳重,有大家风范,这是女生公认的。当年他和小暖的恋情至今让人讲起来都有些动容。小暖是个干干净净看上去很舒服的女孩,长着一双月牙儿样的眼睛,那几乎就成了她的标志。陈方很爱小暖,是那种呵护的爱,有时他在台上讲话时,目光转到小暖那一侧,会突然温柔起来,让女生都非常羡慕。有一年冬天,小暖生病,他跑了老远买来热粥让小暖喝,大冬天的汗水打湿了他的几层衣物。那几乎成了让我们全体女生为之震撼的一个事件。这是个很重情义的男人。

都以为他们会走到一起,可是由于那一年的分配政策,陈方带头去了西部,而小暖则留在了城市里,两个人的故事看似没了下文。陈方是个隐忍的男人,他不能对小暖承诺什么,不可能让小暖等着她,因为她是女孩子,她有权力选择更好的生活。小暖的个性让她同样没有说什么。两个人看似平静的分别实际是惊天动地的,据班上同行的一位去西部的男生说,那一天小暖没有去送陈方,陈方在火车上沉默了一路,一句话不说地发呆,一提起小暖眼圈就红了起来。既然这样,为什么还要走?这就是陈方,他是个男人,有男人要做的事。先立业吧。这很好理解。

我因为是小暖最要好的朋友,那些天一直陪着她,目睹了一切。陈方走的那天,她没有去送,却哭了一夜,第二天就要坐火车去找陈方,被她父母劝住了。她有稳定的生活,以后的事谁说得清楚呢?

事情过去了几年,陈方在西部的工作得到很大的发展,成了技术工程局的一把手,管理、技术都做得很出色。当然,那里的工作环境是可想而知的,陈方吃了很多的苦。听一位同时支边的同学讲,他有一次因为手受了伤,又丢不开工作,加之戈壁滩上的风劲吹,裂了很大的口子,最后导致感染大病了一场。而在这样的艰难环境里,同单位一位支边的女中专生对他很有好感,经常去帮他洗衣整理房间,给他的暖水瓶里灌满开水,打开窗通风换气。在他因为工作辛苦,身体不适时,跑出好远去买来鸡蛋给他做蛋饼,煨暖胃的牛肉汤。他并不好多说什么,大家是同事,又在偏僻的地方,互相照应也是应该的。因为感激,他有时去外地出差也会给她带回一些女孩喜欢的围巾什么的小东西。这样淡淡的两年过去了,两个人平静地走到了一起。

几年后,陈方携妻子调回了城市,还带回了他们可爱的女儿。那次陈方回来,几个老同学为他接风,独独小暖没有来。我告诉过她,她愣了一下,说知道了,就没了下文。小暖至今独身一人,依然喜欢穿简简单单的白衬衣,还是长发,比当年在校园里更添了韵味,淡极而美,气质不凡。条件不错的她,追求者自然不少,可是她还是依然独身。她曾经暗地里告诉过我,对陈方她始终情有独钟,当时为什么没有坚持那么一下呢?我说他已经结婚了,你们两人的性格啊,谁都舍不得勉强谁,最后走到这一步,怪谁呢?小暖反而很平静,她望着窗外灰紫色的天空说,命运吧。

那次见陈方时,我还是很有感叹,这个当年全班女生公认的最男人的他,变化在我的意料之中,不像其他男生,工作不过几年,胡吃海喝,丢掉所有的书卷气,啤酒肚起来了,眼神也没有了锐气。相比之下,陈方脸上多了一种沧桑,依然清瘦,在西部真正地干事业,那种锐气依然存在。男人最好的状态是让女人有一种尊重并且有些发自心底的怜惜。我暗暗地替他和小暖可惜。

陈方回城后,各方面对他都特别重视,给他创造了良好的外部环境。他后来开了公司,由于技术好,为人真诚,干事扎扎实实,事业发展得很不错。妻子跟着他调到省会城市,没有上班,在家当了全职太太。我见过他的妻子,和小暖完全不是同一种类型的,相貌平平,个子不高,有小城女孩那种温婉的气息。好像陈方的姐姐。

因为小暖的原因,我和陈方大学时就是很好的朋友,所以现在还保持着来往。这期间,我目睹了陈方的发展，从刚回城的小一室一厅里搬到了两室一厅，现在又买了一个复式带顶层花园的房子。我去过陈方的家，很舒适的房子，楼上楼下被他太太打理得很整洁，飘着洁白的纱帘，家里很洁净。楼顶平台上种了小白菜还有辣椒、丝瓜、葡萄，养了鱼，看得出是个会生活好脾性的女人，把日子打理得顺顺当当。听陈方提起过，太太身体一直不太好，陈方的房子完全是为太太买的，空气清新，可以楼上楼下运动一下，还可以做喜欢的事。他对我说："这是我太太的梦想，她喜欢，她在家可以栽花种菜什么的也不会寂寞。我下班回来陪她一起种菜，这是她最高兴的事。我也喜欢这种放松的方式。当初，我们在西部很苦，现在是忆苦思甜啊，来之不易。女人还是不要太累了，要对自己好一点儿，我总鼓励太太要舍得买好一点的化妆品，要舍得为自己花钱，她舍不得买我就为她买好。"陈方说起太太时，没有多少爱与不爱，但是看得出他的真心以对。那天的晚餐，陈方和太太一起摘下新鲜的菜，两人一个站着一个蹲着，在厨房里小声说着话，他妻子淡淡地笑，我的眼里却湿润了，也只有陈方这样的男人才有如此的气度吧，在外是男人，在家也是男人。

　　我和陈方、小暖分别保持着联系。最近，小暖告诉我她准备和一位高校的海归结婚了，我有些意外，却为小暖高兴，她也该找到自己的归属了。那一天，小暖把我叫去了她家，说有话对我讲。我们有了长谈。

起初，她并没说什么，只是找来一部当年演"阿信"轰动一时的女演员田中裕子新近演的一部影片给我看，片名《何时是读书天》，一部中年人的茶式电影，两个曾经相爱的中年男女隐忍地爱。很棒的片子，耐人寻味，看完后，小暖在黑暗中说："你知道吗？其实这么多年来，我和陈方偶尔有来往，一年大概见个两三次吧，成年人的见面方式。我曾经喜欢陈刚，陈刚的心里也有过我，但我们仅仅于此。也只有对你，我才会说。我现在才明白，分手就是成了永远，意味着你们几乎成了陌路，而成为一家人才能生活在一个屋檐下。那是最真实的。"那天，窗口有流动的风，很好的月光，小暖给我讲起了淡淡的故事：陈刚创办公司时，小暖暗中帮过他，他后来知道了，很感激，打电话请她喝茶。陈方请小暖的客，小暖也会自带上好的武夷岩茶。就这么简单。那是中年男女的茶，选的地方都是有特点的，能够让她终生难忘的。倒不是有多贵，而是氛围，那是成年人的清淡氛围。穿一套合适得体的衣服去见陈方，每次小暖穿素淡的衣服，披上一件不俗的大披肩。他们是最旧的朋友。陈方从不接她，说好地点，小暖自己寻去。最近的一次是在郊区的一座山脚下的小店里吃粽子，小暖对我这样形容当时的情景：粽子那么肥软，岩茶那么甘醇，山风那么轻扬，满目苍翠，静坐对前，相看不厌，那一刻如此的美好清洁空灵。而他们只是临近中年的朋友，喜欢这种中年的见面方式，远离尘嚣，安静相对。没有任何杂念。有时坐半晌没说什么话，只是故人，喝完茶就会离去。小暖的未婚夫就是陈方曾在喝茶时提起过的很不错的男人，陈方了解她，他知道什么样的男人才会对她真心以对。小暖淡淡地叙说，讲着中年人的茶式感情。

我也喝着茶，讲起在最近的一次聚会上，发现班上很多事业有成的男生几乎都离了婚，或外面有了情人，可是陈方，是那么地尊重他的妻，他会把几个要好的朋友请去他家的厨房吃他太太做的饭，饭后自己挽起袖子洗碗。对待感情的方式是古典的。

小暖亦是微笑。

小暖始终没去过陈方的家，却托我给陈方的太太带过两次她从国外带回的丝巾和花种，让我说是我送的就行了，陈方的太太很欢喜。今年一月，小暖结婚，陈方去参加了她的婚礼，他们眼神很自然地交织，彼此祝福，让我感叹。他们是可以做亲人一般的朋友的，这样的情谊一般人不会有，也只有两个拥有古典情结的人心里才会有。

小暖婚后我曾问过她，那样清淡的约会还会不会有，小暖说，当然。这是一场茶式之约，像她生命中的一杯清茶。仅此而已。

<<<

这日子，总是如石头那么凉

孙明告诉欣宇,她是自己最欣赏的女人,认识她就是一个传奇。

欣宇是当年我们师范毕业的同学中唯一当老师的一个。她在湖南一个小城市当老师,然后很快结婚。婚后,先生徐欢到北京一所大学里读研,两个人分居两地,可是欣宇并不见得有多着急。有一次我回老家去小城看她,她小房间的窗台上用酸奶瓶种着各种小葱小蒜,生机盎然的样子,然后就是满满一面墙的书,我说:"生活还过得不错。"她笑:"是啊,自得其乐。"我问她打算怎么办。她笑笑说:"徐欢想让我考北大的研究生。"我的天,北大啊。欣宇倒是轻描淡写:"考就考呗,试试吧,这是我们俩团圆的唯一办法。反正我总是喜欢学校的气氛的,只不过是换个地方而已吧。"

后来,欣宇的故事像一个传奇。她先生帮她找来了参考书,她闭门复习了大约三个月,就斗胆去报考了北大中文系研究生,可能是无心插柳吧,还真让她考上了。那一年,两个人在风雪中的北京相聚。

欣宇去北大后,北大照顾她,给她分了一个小单间。小得不能再小了的房间,可这里几乎成了欣宇的天堂,她几乎是把她湖南小镇上的家复制了一个到北京。一张床占据了半个房子,然后余下的全铺上地板胶,可以脱鞋进来随地就坐,以便节省面积,她再摆上一张小桌，几个手工缝制的地垫，可以很温馨地吃饭喝茶，墙壁床头全部是书，窗帘是自己动手缝制的，用的是一床蓝格子的旧床单，缝上花边就成了别具一格的窗帘。窗台上还是琳琅满目，热热闹闹的，用北京的那种灰色酸奶瓶、旧饮料瓶还有罐子，加一些清水，养漂亮的水仙和大蒜，家里香气四溢。

她先生在科技大读博，一周来她这里一次。两个人在房子里煮火锅吃，小房子里是温暖的，买几棵大白菜，再来条活鱼，在窗台上取下来小葱小蒜，火锅吃得让人有了幸福的感觉。欣宇对我说得最多的是她喜欢两个人在房间里一人拿一本书，一边喝茶一边看，窗外雪花纷飞，那种幸福感是强烈的。如果不是中间出现的一场感情事故，可能他们的生活一直会是那么平静和幸福。

欣宇读研后，在人才济济的大学校园里，她依然是个独特的女人。因为有工作经历，比较成熟，不再像青涩的女生有躲闪的眼神，她是安静而有女人味的。欣宇不算漂亮，但是属于有男人缘的那类女人，她不张扬不多话，但是散发出来的气息极有味道。欣宇的再次学习非常用功，她喜欢校园，校园也适合她这样的女人，她看书上课，偶尔还帮导师带课，然后在校园里散步，安安静静，很少看到她有什么烦恼的事。她在我们眼里生活是清贫的，毕业这么多年，很多同学下海经商，女生嫁人生子，生活过得风风火火，买了车穿漂亮的衣服，可是欣宇还是素发喜欢穿黑色灰色的大衣，还喜欢自己动手裁衣服，很多人记得她在校园里走过，穿着灰色的简裁大衣，一条黑麻丝巾飘飘扬扬的样子，她是独特的。

欣宇没想过会遇到孙明。孙明是参加 MBA 高级主管培训的，这个曾经中文系的才子转行经商做得很不错，有的人真是那样，他的才能是多样的，做得不沉重不刻意，很轻松地应对自如，这就是聪明吧。孙明是优秀的，谈吐儒雅。那一天，欣宇替导师代上语言课，在她走进教室的那一刻，孙明就愣住了，后来听到她清雅淡然的授课，好感一发不可收拾。他后来说欣宇的黑大衣和一张素脸像是一幅白描画，空间无限大，这是个与众不同的女人。欣宇这样的女人像一颗珍珠，被孙明发现也不足为奇。

后来，孙明以请教有关问题为由请她吃饭，欣宇思忖了一下，出于礼貌，她说："我请你吃火锅吧，我先生今天也来。"本来这一切是很妥当的，可是那一天欣宇的先生临时有事，没来，就只有孙明一个人在，孙明笑着说："你可真狡猾，想让我拒绝，对吗？没想到，我还是坚持来了，看来上帝总会奖励有所坚持的人。"被孙明这样一说，欣宇也笑了，这个男人倒是难得的幽默。

那一天，孙明参观了欣宇的小房子，翻着书，看着窗台上的小葱小蒜和怒放的水仙，看着动手做火锅，在雾气腾腾中慢慢微笑的欣宇,他心里动了一下。这是个钻石王老五样的男人,事业有成,有形有款,有高智商,他很少对女人这么动心,而在北大这间不足12平米的小屋里,他的心却动荡不止。那一天,欣宇做的大白菜熏肉火锅,熏肉是朋友从湖南带来的,很有特点,她给孙明讲湖南小镇上的熏肉,用炭火烤,烟熏,香味慢慢散发出来,月亮很亮的夜晚,守着熏肉的香味来点清茶,那是一件极享受的事。欣宇还从窗台上揪下小葱小蒜散在火锅上,说:"以茶代酒吧,小屋清寒,可是人是真诚的。"本是一句平常的话,孙明心又动了,他的脸红了,这个男人什么没见过,可是他分明有一种想流泪的冲动。

孙明后来的举动让欣宇没有想到。

他有意无意地接触欣宇,跟她聊天。这个男人不是一般的小男人,他那么有底气,成熟而睿智,对文学历史了如指掌。经商这么多年,还属于那种内心深处静水深流,有所坚持的男人,碰到欣宇后,激发了他内心深处的热爱。有一次,他无意中对欣宇说了一件事,他陪客户喝酒,当时在座的人都在起哄劝一个漂亮女孩喝酒,那女孩为了公司面子就准备咬咬牙喝下去,孙明当即阻止了,他说:"我不喜欢女人喝酒,我来代她喝吧。"他一饮而尽。当时他是扫了在场所有男人的兴,但他说他做事有自己的原则,他真的是不喜欢看到女人被劝酒。

孙明在培训中途回过一趟上海公司，欣宇没想到他是回去签一单上亿元的合同的。他还硬是抽空去了一趟栖霞山，拍了一组红叶的照片送给欣宇，因为欣宇说过她最喜欢红叶的。孙明说他喜欢看欣宇高兴的样子。就是这么简单，他偷偷对欣宇说他最大的爱好就是在空旷无人的山上大声地唱歌，这是他最好的放松方式。那一次他在栖霞山高歌一曲，自己感到荡气回肠。欣宇的心开始有意无意地也动了一下："我这是怎么了，我结了婚啊。我说过一辈子爱我先生的。"

欣宇开始有意回避孙明，她经常锁上门去徐欢学校的小屋，因为徐欢是两个人同住，她只能帮他们做饭，约上徐欢的朋友们一起喝酒，徐欢的朋友们都热情地叫她嫂子，说将来找朋友都要像嫂子。徐欢望着她一脸满足地笑，欣宇是男人们喜欢的类型，这并没有什么让人意外的。可欣宇的心分明是疼的。有一次她收拾好碗筷已是黄昏了，徐欢晚上有课，她一个人回学校，天空飘着细碎的雪花，她没想到孙明在校门口等她，她的心狂跳了一下，她知道自己不可救药了。孙明的脸色有些苍白，他掐灭了烟头，迎着面走过来，拉了拉她头上的围巾，然后深深地望着她，一句话不说，她迎着他的目光长达三秒钟，眼泪却再也忍不住掉了下来。孙明用手抚去她脸上的泪花，叹了口气，牵起她的手，这是他第一次牵她的手，欣宇却感觉是那么熟悉，他们就那样慢慢地走着，一直走到了深夜，很少说话，雪花慢慢地下来，欣宇后来说："我相信男人和女人之间是有磁场的，碰到了，那种感觉是舒适的不用言语的，一切都是多余的。"

欣宇仍然偶尔代导师的课，上 MBA 班唯一的语言课，她还是穿黑色的长大衣，里面是 V 领黑毛衣，然后一条麻质的灰色围巾轻巧地绕在脖子上，盘发，偶尔用灰色的眼影，她是宁静的。孙明坐最后一排，他听欣宇的课时总是一动不动望着她，这个女人在他的世界里像是一个传奇，可她分明不属于他。欣宇常常避过孙明的目光，她不知道该怎么办。她只能转移注意力，看书备课，把课越讲越精彩，后来，导师都对她说，外面都传言 MBA 班有一个年轻的老师了不得，课讲得很特别，后生可畏，不错，好好加油，前途无量。她不知说什么好。

孙明为期一年的培训要结束了，在一个黄昏，他找到欣宇，拉着她的手说："跟我走，你是我的。"这个男人为了说这句话，整整一夜没有睡，他的眼睛红红的，目光像炭火一样炽热。欣宇知道他不是一时冲动，这个男人拥有那么好的条件，他没有必要为她这样的女人而胡乱用情。而欣宇是早婚的，在婚姻沉寂平静了很多年后，掀起的波澜无处释放，她也不是个冲动的女人，但是她需要真诚地面对自己的感情。

欣宇找到了徐欢，他还在实验室里做博士试验，一看到欣宇，脸色是惊喜的，握紧了她的手："这么冷不戴手套。"欣宇的眼泪又流了下来。那一天，她在徐欢的小屋里捧着一杯热茶，慢慢告诉了徐欢这一切，茶凉了，徐欢沉默了良久，他一直低着头，欣宇无法看清他的表情，但她感觉他流泪了。他最后转过身平静地对欣宇说了如下的话："欣宇，我们一起走过了多少年，从那个湖南小镇一直到北京，没有人比我更了解你。欣宇，你自己选择。只要不让自己后悔。"走之前，徐欢又握了握她的手。欣宇泪如泉涌。

欣宇回到自己的小屋后，几天没有出门。她的内心决定其实在徐欢说那句话的时候已经做出了，但是她依然难受。

孙明最后一次来欣宇的小屋，他望了望欣宇的眼神，还没说，他已知道了欣宇的选择，也许一开始，他是知道的，欣宇这样的女人只可能有一种选择。他没有说什么，只对欣宇说："我想听你讲一次课，能给我再讲一堂吗？我想听我上中文系时最喜欢老师讲的昆曲《牡丹亭》，那里面的唱词都是那么的精美。"欣宇点头答应了。

和她并肩慢慢地走向一个空荡荡的小教室，孙明照例坐最后一排，欣宇走上讲堂，她望了望孙明，又望了望窗外，讲起了：牡丹亭外三生路，情不知所起，一往情深……慢慢地讲汤显祖，讲柳梦梅、杜丽娘，只讲得泪眼朦胧，而孙明听到最后就起身走了，留下了欣宇看着空荡荡教室里最后一排的位置。

孙明离开学校后，就去了法国总部，一年后他给欣宇寄来了一张明信片："你仍然是我最欣赏的女人，我认为能认识你就是一个传奇，你永远在我的心里。那里只有 12 平米，你的房子那么大。"那时，欣宇的小屋水仙正香，窗外雪花飞扬，徐欢的声音从走廊传来："欣宇，牛奶快喝，别凉了。"她靠着窗台，北京的雪怎么会这么大？耳边传来一首歌："这日子，总是如石头那么凉。"

几年后，欣宇已经在北京当上了大学老师，搬到了两室一厅的房子里，可她偶尔从以前那间小房子前走过，还是会默默地惆怅一会儿。

>>>

<<<

好男人都是寂寞的

好男人都是寂寞的，好女人也是寂寞的，因为他们太知道自制所以才会内心寂寞。他们寂寞时，也只是彼此的背景音乐，听听然后走开，继续自己的人生。这就是生活的真实。

小允一直在大学里的图书馆工作，工作轻闲，书香绕怀，所以身上有一种静气。朋友不多，因为趣味不相投。未婚夫千翔工作很忙，没太多时间与小允相守，所以更多的时候小允是一个人，不过小允很喜欢这种安静的日子，像流水一样划过。小允不知道，她也会有寂寞的时候。

小允下班经常喜欢光顾的就是校东门那一家CD店，那是一条安静的小街，这家CD店就在小街中间的一处树荫下。说是卖CD的，但是一点看不出做生意的痕迹。全原木的结构，没有重装修的痕迹，特别是那张木制的吧台很宽，已磨得有些发光，古旧的痕迹。吧台上用小托盘装着一些漂亮可爱、五颜六色的糖果，去的人可以随手拿一颗吃，心情便立刻好起来，小允很喜欢这种人性化的东西，更符合她的内心需要。小店经营一些不错的打卡CD和影碟，可以坐下来喝点茶慢慢试听，有很多的爱尔兰音乐，看得出老板品位不俗。

老板是一个不到三十岁的男人，很有特点，他喜欢穿灰色的棉格子衬衣，干净的眼神，总是拿一块软布擦杯子，这似乎是他的一大爱好。他们没有更多交流，小允只是进去就感觉很好，两个有些类似的人，是可以感染到气息的。他看到小允，点头微笑，然后继续擦他的杯子。小允知道了他叫李伟。

两个月后，连续有一段时间，小允进去都没看到李伟，而是换了一个小女生在帮他打理生意。小允坐下来，总无意抬眼看吧台，好像少了什么，原来那个安静的男人不知不觉中已成了这家小店一个绝好的背景。同那个小女生聊天，才知道了李伟的经历。他是一家跨国公司的项目经理，事业做得不错。因为喜欢听音乐喝茶，便来母校附近开了这家小店。小女生简单讲了几句，小允却一下听明白了，他是个性格里闲散成分多的男人，总想找个寄放的地方，而公司里的尔虞我诈实在不是他的兴趣所在，虽然他在公司混得还算不错。开了这家小店，像是他的一个秘密后花园，他不为赚钱，喜欢没事就来小店里坐坐。

两天后，小允走进来时，一眼就看到李伟在吧台里擦杯子，小允有一种很安心的感觉。过去拿了一颗糖轻轻地嚼，快乐的样子，对李伟说："擦杯子应该是最好的放松吧。"李伟笑了："还真是这样。"

后来的日子，小允依然下班后闲逛到这个小店，坐下来喝一杯茶，听音乐，李伟偶尔会走过来和小允小聊上几句，有一次他说："认识很久了，你看起来总是跟别的女人不一样，很悠闲的样子。这很难得。"小允微笑了一下,有一种认同的快乐。当时他们聊正在听的一盘爱尔兰CD,小允说在家洗衣服时喜欢把音乐开得大大的,心也会飘到窗外。李伟笑得很开心,小允才发现还是有些人可以如此地趣味相投。

小允开玩笑地对他说:"你还真会过日子,清淡自由,与世无争。"他却有些自嘲地说,这样的日子久了,他那个在外企工作的女友有意见了,吵了几次后,说他这样不像个男人,没有进取心。"可我还是喜欢这样的生活,自在舒适,不用考虑太多的因果关系。就像把这颗糖放在嘴里那么开心。"他也拿了一颗糖嚼了起来。小允发现李伟在说这些话时像是一个逃学的顽童,神情是一种偷偷的自得其乐。他说在公司最好的时候签合同签到手软,可是一天下来人会不知所以然,空虚无力。

他们慢慢熟悉起来,小允有时在下午没事时帮李伟看店,顺路听免费的音乐,续上免费的茶水。这样的环境是小允喜欢的,偶尔有三三两两的学生过来,小允就选一些素色的包装纸为他们包上选好的CD,看着他们快乐地吃吧台上的糖果。这是一件多么开心的事。小允不知道他的女朋友为什么不喜欢这样的日子?小允记得有那么一个秋天的黄昏,刮了很大的风,叶子贴到了玻璃窗上然后慢慢落下去,李伟在擦杯子,小允就那么裹着披肩靠在飘窗上听音乐,屋里很静,三三两两的人来了又散去,那种感觉真是特别。有时小允想这样好像一种天荒地老,可是他们不是情侣,他们都有各自的烦恼人生。

李伟的女朋友很少来,她喜欢一切时尚动感的东西,对这些清淡的东西视为落伍。她给李伟制订了很多目标,比如,公司的老总快要换届,让他努努力;平时要和什么样的人保持良好的关系,经常在一起吃饭交流感情;还有出国的事,存够足够的钱,将来的生活才能如何如何……小允觉出了女人和女人的不同,像她这么散漫的人,一想这些规划头就要晕的,可小允反倒佩服他女朋友,她有无穷的精力,精明独立,永远不做浪费时间的事。

可是李伟说他累。

那一天他关店门时突然对小允说:"可以去你那里坐坐吗?我现在很矛盾,我不喜欢按她的要求过她想要的那种生活,而她也不可能喜欢我的生活方式,但是我爱她,我们从大学开始恋爱,在一起7年了,怎么可能分开?"他一边擦最后一只玻璃杯一边对小允说话,小允看了他一眼,没有说什么,只说:"可以,你到我家坐坐吧,反正就在学校里面,走过去就可以了。"

外面风很大,李伟的头发散发出薄荷气息,很好闻,这是个清洁的男人。多么的安静。小允在心里默默想着,他只是想过自己的生活,有什么不对?

在楼下的超市里买了汤圆,小粒的,还有菠萝、葡萄，回去，小允让李伟坐下，给他倒了一杯热茶。然后去厨房里给他做糯米甜汤，小汤圆加入菠萝和葡萄，还打散了一枚鸡蛋，起锅时像天女散花般，很好看。然后用小瓷碗装着，端到李伟面前。李伟边喝边打量小允的蜗居，它很小，但被小允布置得很舒服，从宜家买的小线毯，茶几上小盆的茉莉和小缸的热带鱼，琥珀色的木吊灯，非常的温暖有生活气息。

小允打开了音乐，李伟吃着小允做的滚热的甜汤，连说好吃。李伟永远是干干净净的，身上没有浊气，和他待在一起是不讨厌的。小允有些怜惜他，他没有受到很好的照顾。一碗吃完，小允又再添了一碗给他，他还是吃完了，吃完后，不好意思地冲小允笑。这个男人，什么场面都见过，却依然会有害羞的气质，这很难得。

他没有再提他的烦恼，吃完后就告辞。临走时，他说："为什么女人和女人性格差别如此大？可是我还是爱她。这是我的劫难。"小允盯着他的眼睛说："那你就要为她改变。别无他法。"李伟沉默了一会儿，走了。

后来的一段时间没有看到李伟。小允知道他的生活有了某种改变。小允仍然没事时去他的小店帮忙，听流水般的音乐，帮他擦那些好像永远擦不完的杯子。

李伟到底还是回到了公司，去满足女朋友的希望，这在小允的意料之中，他是个那么重感情的好男人。

他退了半步,可是,他说他还是留有梦想,所以这个小店不会丢,他没事时还会来。这是他最好的放松方式。这里不赚钱,但是有它在就好了。他还可以在现实和理想之间,找一个平衡点。这也在小允的意料之中,这是个偶尔需要游走在郊外田野中透一口气的男人。

小允偶尔还是会看到他,他一到店里,就换上那件宽大的灰衬衣,一直擦玻璃杯,任音乐如流水,这是他秘密的放松方式。他依然会选好听的CD推荐给小允听,还经常会赠送给小允。小允亦接下来了,不说谢谢。有时送东西给别人也是满足自己的内心所好,并没有原因,他只是希望有个人能分享。这是一件简单的事。

小允知道自己其实更多的时候和李伟一样寂寞着,小允的他很忙很忙,早出晚归,他们没有时间交流,而且他们的生活观念差别太大,常常没法沟通。但这并不是说两人不相爱。常常很多夫妻就是这样生活在一起的,他们会彼此寂寞。这是人性的弱点。可是寂寞的出口是什么?也许每个人都不尽相同。但是有一点是相同的,他们不会选择背叛,他们在找一条通向自己灵魂的秘密通道。

小允的秘密通道是什么?一年以后,小允也在校园附近找了一个小去处,开了一家小小的棉布店。小允喜欢收集这些棉布,各种别致的花色,有棉花的香味,洗一洗晒一晒,会发出好闻的香味,可以做漂亮的桌布和窗帘还有小件的衣物,小允把它取名为"纯棉时代"。小允想让更多的女孩喜欢上棉布,喜欢生命里一些真实的内心所好。小允的寂寞也有了妥帖的去处。小允的小店多半时间请一位远房亲戚在打理,但她经常去。如果有人选中了哪块棉布,小允会动手裁剪,缝制各种小物件,小背心,然后看着他们拿在手里很妥帖,心满意足地离去,自己的心情也会很好。有时,小允也会去李伟的小店坐坐,他不在的时候,小允一样内心安定。

好男人都是寂寞的,好女人也是寂寞的,因为他们太知道自制所以才会寂寞。他们寂寞时,也只是彼此的背景音乐,听听然后走开,继续自己的人生。这就是生活的真实。

<<<

世上永远少一个瑜伽女人

有些故事没有开始就要结束。有些人选择激情一刻，而有些人却选择怀念一世。

海欣是瑜伽馆的女教练，自学瑜伽近十年，只是因为喜欢。喜欢一件事就可以做得那么持久，止于不变。海欣瘦瘦的，漂亮的童花头，喜欢穿全麻的宽大长衬衣，一笑起来脸上有小酒涡儿，羞涩的模样。一个女人三十岁了还有羞涩模样，那么她真的是天生的性格。没有孩子谁也看不出海欣曾有过短暂的婚史。因为感情的失败她才开始接触瑜伽。这也是一种缘分。她说她曾有过一段灰头土脸的岁月，但是过来了。人不都有坎吗？都得自己过。别人无能为力。

学员们来练习时，她总喜欢提前开好音乐，安静的佛教音乐或是高山流水的爱尔兰风笛，清清淡淡，让大家静下来。她说话的声音很慢很缓，在她的世界里，慢下来缓下来进入到一种境界，便是世间的大事了。她的瑜伽姿势很好看，伸展、挺拔、柔软，这样的女人走出去气场是不一样的。

来上课的几乎都是女学员，绝望主妇和劳累白领占绝大多数。一天，来了一位近四十岁的男学员，海欣觉得奇怪，但没好意思多问，像往常一样上课。呼吸、吐气、伸展，在音乐里出神入化。男学员学得很认真，姿势不错，看来有点功底，他不怎么说话，有时望着海欣，很出神的样子。

就这样过了一个多月,圣诞节的前夕,多年好友月华电话说:"海欣,跟我一起去参加一个饭局,一定要打扮漂亮点啊,有重要人物出场。"海欣不置可否。她对参加这些饭局不感兴趣。安静读书喝茶独自消磨整个黄昏便是最爱。可是拗不住月华,她还是去了,涂了一点淡粉色口红,穿上平时常穿的长麻灰衬衣,外罩黑色长袄,脖子上缠绕着青苔绿褶皱长围巾。就这么去了。月华花枝招展,拍着她的肩膀说:"我不是对你说过,要你打扮漂亮点吗?怎么这么素啊。"海欣笑笑:"不就是一顿饭吗?"

去了本市档次较高的上海菜馆,里面很有品位,青砖长窗,熨得雪白平整的桌布,灯光的角度让人的脸色温润。西餐式用餐氛围,菜做得也相当漂亮精致。一桌人海欣都不认识。月华在忙不迭地打招呼。海欣在人多的时候几乎不太开口说话。只听月华突然神秘地讲:"你们猜我这位朋友是干什么的?"大家都将眼睛转向了海欣,空调开得很足,海欣脱下了长袄,穿着衬衣,脸上挂着淡淡微笑。大家猜来猜去,都猜不着。只听一男子讲:"瑜伽教练。"海欣抬眼看他,好像似曾相识,又不知在哪里见过。只听月华说:"刘处长真是好眼力。"刘明笑笑:"我去过她的瑜伽馆。"海欣惊了一下,抬眼仔细看:平头,素格灰蓝衬衣,外罩黑色风衣,目光利索温和,是他,那位唯一的男学员。"刘处长大忙人,还有如此雅兴啊。"一桌人开始打趣他。刘明笑笑:"我曾经在部队时非常喜欢运动,今年一个偶然的机会去了印度,有幸结识了那里的瑜伽大师,很受启发。回来就想练一把了。没想到,今天真幸运,又碰上海欣教练了。"刘明没有任何遮拦地简洁地讲了来龙去脉。

海欣有点害羞地微笑,垂下了头。人和人的相识真的很偶然,一切自有天意。海欣在她三十岁那年,遇到了刘明。这个男人在宴席当中,眼睛一直盯着她。她有感觉,因为一抬头,总是与他目光相撞。她红了脸。三十岁了,还是会害羞,会流泪,这就是海欣。记得伍尔芙曾经说过自己是个害羞的女人,不擅长说话,于是,出门手上总抱着一束花儿,花儿就是她的语言。而海欣没有道具,只能闷着头喝酸奶,细弱纤长的手指把玩腕上一只戴了很多年的冰白玉镯。这个细节没有逃过刘明的眼睛。

日子过得那么快,一年转眼就过去了。海欣的日子还是波澜不惊。每天上课、冥想、阅读。对于她来说,这一切就是所有。这个世界的信息、地产、股票,所有的狂轰滥炸的资源、争斗与她无关。这个世界那么多,而她需要的那么少。就这么简单。

元旦前一天,很意外地接到刘明的电话,低沉略带磁性的嗓音叫出她的名字:"海欣。"顿了很长时间。"今天有空吗?我想请你吃顿饭。"他没有说他是谁。海欣却一下听出来了。说了句:"好久没见你来练瑜伽了。"他们像认识了好多年的朋友,一句话就有着难以言说的默契。海欣居然没有犹豫地答应了。这是她第一次很爽快地答应一个不太熟悉的男人的邀约,放下电话,她都不知道自己是怎么了,只是难以拒绝。这才想起晚上有课,忙联系另一位教练调了课。

刘明开车来接她。海欣又低头,刘明微笑:"我带你去一家菜馆。你一定喜欢。"他好像特别了解海欣的喜好。果然,那是一家会所制的餐厅,种满翠竹的后院,四壁落地,天顶上也是玻璃,碰巧落了点雨,一切都是有意境的。刘明那么有眼光。这一切都是她欢喜的。那天,一顿饭吃了三个小时,刘明谈起印度的寺庙,与瑜伽大师在菩提树下长聊喝茶,一举一动的禅境;讲他在庙里凌晨醒来,天空的光影和晨课的音乐声,耳畔的鸟群鼓翼划过空中;讲他在那里对生死人世有了新的见解,对人生不能抱怨;讲他喜欢有瑜伽气的女人,那么静那么好……他几乎是一口气讲下来的。海欣很难想象,刘明几乎可以算是刻板官员,居然有这样难以想象的一面。她想起他在瑜伽班上的一招一式,笑着说:"你的姿势不错,一看就有运动的基础。"刘明笑,他天性爱好运动,一直以来,坚持得很好,所以并不胖,身形保持得很好,显得年轻。他说:"我是个双面人,在你面前,我不知为什么有那么多话讲。平时,我话不多。"他望着海欣笑:"你知道我对你的印象为什么深?你身上没有钱味儿。"海欣使劲闻了闻:"真的吗?"她居然也有这么放松调皮的一面。在一个第一次跟她吃饭的男人面前。

她有分寸,但她真的很喜欢和这个男人在一起。

这之前,她对刘明一无所知。后来,月华碰到她,对她神秘地笑:"刘处长对你很有意思啊。席间一直在看着你。你的好机会来了。"月华自然不知道刘明已单独约她。她介绍起刘明,说他是很多少妇的偶像,位居高位,却不流俗,有自制力,身形保持得很好。还说刘明对易经感兴趣,毛笔字写得很好。海欣暗笑,这倒真是个有意思的男人。只是他为什么对她有兴趣?也许只是新鲜吧。刘明自然有婚姻,大概这个年龄的大多数婚姻就是一种亲情,细水长流地过日子。很难说好与不好,刘明曾提起过他的婚姻,说女儿已经读大学,妻子早就病退在家,家里很安定。谈起婚姻,他没有任何隐晦。

刘明很少再约海欣,海欣倒是有了隐隐的期盼。这个男人符合她的想象,他们是一类人。可她有些看不起自己的期盼。

四月的一天,刘明突然来找海欣,脸色苍白:"帮我一个忙,我马上要飞海南,妻子生病了。一时找不到合适的人,我想到了你。只是不知你答不答应。代我陪陪她。"海欣有些意外,但是马上点头了。下意识做的事都是心甘情愿的。

海欣第一次去了刘明家。那是一幢有些年头的房子,有着环形的窗户。家里很简单,刘明的妻子显得很清瘦但很干净,坐在窗前的躺椅上打点滴。看到海欣点头微笑:"刘明说找了个同事来照看我,我说了不需要的,他放心不下。麻烦了。"海欣也微笑。并不多言。

照顾刘明妻子打完点滴睡下,她去看刘明的书房,看他写了一半的毛笔字,"山静似太古,日长如小年",书柜里是佛经、易经、禅修的书,还有老版的《红楼梦》。这个书房让人恍惚。海欣在厨房里炖汤,朝西的厨房,光影拉出很长,她打开旧收音机,调到音乐台,在播齐豫的老歌《一亩田》,发了一个悠长的呆。汤炖好,安顿刘明的妻吃下。她回去时,天已黯淡下来,风吹着,有些凉,她把脖子缩在了长围巾里。那天,她没坐车,走了三站路回家。

三天后,刘明回来。打电话给海欣:"谢了。如果不是你,我怎么放心得下。过段时间请你吃饭。"

一个月后,海欣发现瑜伽馆的学员增加了很多,有些奇怪。瑜伽馆她与朋友合伙开了很多年,生意不好不坏。她也没想更多。她本不是个很有野心的人,只是因为喜欢,把喜欢的事变成职业,能糊口就行,对生活,她真的是要求不高。可是,最近怎么好像宾客盈门。她觉得意外。

刘明约她吃饭时,随口问了一句:"最近有人去办卡吗?"海欣说:"还不少呢,我正纳闷。"刘明笑笑说:"上次一朋友在行业协会上班,我随口就推荐了你的瑜伽馆。"海欣笑了,这男人帮人还真不露痕迹。她想了想,扬起头有些调皮地说:"无功不受禄,我怎么感谢你。"刘明笑:"小事,你还帮了我大忙,这算什么。"饭后,他们在街头分手。海欣想散步回家,她在橱窗的玻璃里看到了自己掬满笑的酒窝。

一年过去了,海欣和刘明很少见面。海欣每天三节课,课余看看书,打坐一下,利用长假去了趟印度。她看到随时随地躺在阳光下摊开身体睡觉的人们,放松而舒展。没有焦虑和未来,只有当下的幸福。时光的印痕消隐,就是慢慢地看着时间过去,风动幡动其实是人心在动。她在恒河边看着人们虔诚地洗礼沐浴,光线慢慢隐去,她泪如雨下。一生一世不过如此。人为什么还有挣扎?

回来后,她给刘明发了个短信:我终于知道你喜欢印度的原因。刘明电话响起:"我一直在联系你,你去了印度?我要见你。"他的声音里带着不容质疑的坚定。刘明下班时间来接海欣,带她去了一朋友开的茶馆,海欣穿着印度买回来的素白纱丽,很好看很异域很别致。头发也长到了肩头,更瘦了。眼神却很亮。刘明望了她很久,说:"你瘦了。"海欣却笑:"这么急,有事吗?"刘明说:"近段太累了,想见你。"海欣一愣,发现刘明又黑又瘦,状态很不好。那一天,刘明少见的沉默,倒是不停地给海欣夹菜,一直是海欣在说。

不久,海欣听月华讲了一件意外的事,刘明参加竞选一个职位,各方面的呼声都很高,最后却被删下来了,很受打击。海欣明白了前段他说累的原因。下班时间,他来上海欣的课,坐在那里,一言不发,音乐响起,一切都沉默了。这是他的一个放松地,没有人会注意他。海欣也没多说话,只是按常规的动作呼气吐气,学员散去,刘明还坐在那里一动未动。海欣心疼了一下。可是她怎么安慰他呢。

那天分手时,她对他说:"其实一个人活在这个世上,十有八九不合人意。但你可以选择一种态度。虽然很难。很抱歉,我不能帮到你。"刘明望着她,微笑着说:"看到你,我就很放松。这样就好。"

一个月后,刘明接到调令,到另一个省。三天后就要启程。家里只有妻子,是要一起去的,他等于是彻底地要离开了这个城市。有些故事,没有开始,就要结束。对于隐忍的人,时间很长,机会无数,却从不付诸行动。刘明对海欣很有好感,但他一年中除了偶尔的两次请她吃饭,他不知自己能为她做什么。而海欣,心里欣赏刘明,但他是已婚男人,只能止步。这就是宿命。临走前,刘明见了海欣。他把一张印度瑜伽学院的一月学习券交给海欣:"这个地方不错,你应该去。它属于你。"海欣流泪了。刘明从来不会表露自己的感情。这是唯一的一次。刘明对海欣说:"我能否抱抱你。以后,我们见面的机会会很少。"在暗夜的街头,他们轻轻相拥,那是他们的第一个也是最后一个拥抱。这世间,有些人选择激情一刻,而有些人却选择怀念一世。美好的东西是会被珍重的。

<<<

请放过中年男人的无名指

请你放过中年男人的无名指。他不过是别人家的一个有点疲倦的男人,这不是哪个女人让他变成这个样,只是时光,他的忧郁不是你的年轻所能懂的,所以也不是你能拯救的。

朋友汝青35岁生日时,我们的话题自然而然谈到了情感,谈到了年轻和中年的感情。汝青给我讲了这样一个故事,语出惊人:"请放过中年男人的无名指。"这是她的亲身经历,所以听起来总是让人意味深长却有些淡淡的怅然。

汝青很年轻的时候,脸色红润,青瓷般洁净美好的年龄,是个有点个性的小美女。她分到一所学校教语文,因为刚去,常常听一位优秀男教师的课,他是教导室的主任,课讲得非常生动。这是一位接近四十,有些清瘦而落拓的男人,讲课不喜欢看教案,天马行空,常常很熟练地把粉笔掐断,转身潇洒地板书,他在上课时偶尔的停顿和一个若有所思的眼神,都是那么让人心动。她很轻易地爱上了他。有一次,在听公开课时无意与他的眼神碰撞,她慌得手上的记录本都掉了下来,但那种甜蜜久久在心里无法散去。她觉得江明就是为她准备的,那时她年轻,是不顾一切的,什么传统道德,在年轻的爱里都没有了太多的意义,因为年轻而无所顾忌。她找机会主动接近江明。有一天清晨,看着江明穿着掉了一粒扣子的上衣,低着头疲惫的眼神，她的眼泪差点就掉了下来：他在家里肯定和妻子吵架了，这个可怜的男人，一定有着可怕的悍妇般地爱抱怨的老婆，不会关心他的内心和细节。汝青是怜惜和心疼的。如果是她的男人，她一定让他穿干净的熨得平平整整的衬衣，皮鞋擦得清清净净，胡子也刮得妥帖，给他煮很好喝很香的小米粥。她感觉自己好像是他的救世主。那天，她给他泡好一杯上好的明前茶，那是她煞费苦心特地托大学同学从杭州寄过来的，新鲜的叶片捻得紧紧地透着细密的香气，递给他，动作语言却是漫不经心的："常喝绿茶对身体有好处，我喜欢看茶叶在茶杯里跳舞的样子。"她给他泡了一杯轻轻摇晃作示范。那一天，天很蓝，那一刻，茶叶片在沸水里自由地起舞，汝青看到了那个中年男人眼里的光点。

中年的男人，生活有太多的疲惫和无法挣脱的负累。她不知道，这是每个人的必经之路。她不知道，这其实不需要救赎。她不知道，她其实没有那么大的力量。

慢慢地，由于在同一个教研组，而她又对他那么地尊重和关心。于是，他变得很放松，两个人有很多聊天的机会。他开始给她讲他年轻时考试常常得第一，那种帅气和骄傲是不理人的。最得意的时候是老师报名次的时候，他可以迎接全班女生的目光，那么地清高；打几个小时的篮球不会有任何疲累的感觉，喜欢靠在树上一口气喝干女孩递过来的汽水；他给学生上第一堂课时，准备教案翻阅了五本资料书，博古通今，现场发挥得淋漓尽致。他说那一天他穿一件简单的白衬衣，年轻帅气，阳光在他的额头跳跃，他都感觉到了自己的光芒。可现在老了，生活开始安稳而无力，好像一条河流，流向永远看不到的尽头，而她还有无限的机会。这个男人眼里有不甘和无奈，汝青觉得这是一种成熟，她喜欢看男人隐藏的疼痛。

一个是充满好奇的年轻女孩，一个是饱经沧桑的中年男人，一个年轻满溢，一个却有经历，于是，互相渴望，开始有了交集。那时，汝青常常热泪盈眶，把自己想象成一个拯救者——这个男人只有她才能懂得，而他家里那个爱抱怨的女人是不能懂得的。

于是，她常常提醒他：他的鞋该擦了，她把准备好的鞋刷和鞋油偷偷放在他的桌下；生日时还送给他一把质地精良的电动剃须刀，告诉他用青草味的剃须水。他在她那里找到了青春和丢失已久的某种东西，他也常常激动和恍惚，中年人的心中也似有跳动的火焰，他在家里沉默的时候越来越多，晚上常常站在阳台上看夜幕中的星星，久久地抽烟失眠。

当然，这样的故事最后总是好像没有开始就结束。没有结果，不知是谁先放弃，他回到正常的生活中，不知会不会痛苦不堪，心存留恋？而她大伤元气，喝得不省人事，最后的结果是被迫调离了那个学校，情感上久久难以平复。这是她心里的一个浓重阴影。

汝青讲这些没有想象中的激动,倒像是讲别人的故事。开始时我并不明白原因,听完她以后的故事我才知道了她平静的原因。

多年以后,汝青也有了婚姻,有了孩子,慢慢地生活落到了真实中,变成了一个中年女人,生活越来越平淡,而她身边的男人也落了头发,开始发胖,成了一个有些落拓的中年男人,眼神开始有了忧郁也有了不甘。她也没有那么多精力让他穿着熨得平平整整的衣服出门,皮鞋上也会有灰尘而不可能不染纤尘,也不会耐烦地每天给他煲喷香的小米粥,给他递上泡好的茶水,因为每天她自己也疲累得不想多讲一句话,她曾认为是理所当然的那些好像是书中的婚姻童话。晚上电视机里的蓝光,沉闷的空气,孩子的哭声,成堆的脏衣服,还有日复一日生活的轨迹。她曾经最痛恨喜欢抱怨的中年女人,但生活有时就喜欢和人开玩笑,有些你不愿意看到的事总是要出现在你的周围。偶尔,她也会在孩子不听话,把饭撒得满桌时,像别的女人一样烦躁,抱怨生活的无味;也会在工作生活不如意时,歇斯底里泪流满面,洗澡时头发大把大把地掉落,觉得自己不可救药;在她的男人不对她心思时莫明其妙地发一通脾气,把他数落得一无是处,让他更加沉默。曾经她不屑一顾的东西都一一发生在自己的身上。

我记得汝青给我讲的一个细节，有时她拎着菜篮子回家时，会在树下稍微歇一会儿，看看天，想象年轻时候不顾一切的激情，就像是一场梦，离她是那么遥远。

有一回，她偶然看一篇文章，叫《犹他州的台湾女人》，写的是一个台湾女人嫁到犹他州，看到那里的女人生几个孩子，腰身精壮，说话大嗓门，她想她自己一定不会变成那样，她为此瞧不起那些"自甘堕落的女人"，可是几年以后，她也生了孩子，也不自觉地变胖，开始唠叨，开始和那些女人一样抱着孩子在街道上大声说话。那个故事结尾有一句话：请不要嘲笑那些人到中年，发胖、邋遢、啰嗦、沉默、没有幽默感、节俭、无趣的女人，因为也许很多年后你也会是那个样子。不是她们要变成那个样子，只是岁月，这是没有办法的事。汝青当时就非常震惊，真的是这样的，生命有时真不像是一个偶然的轮回。

特别是她的生命中又出现了一个偶然事件。在她眼里那个发胖有些倦怠的中年男人，她顾不上照顾可以忽略的男人，一位研究所的试验员，还是被一位实习的小女生喜欢上了，就像重复一个多年前她的故事，就像年轻时的她一模一样，这就是命运的捉弄吧。这个男人生命中也似乎出现了一丝亮光。这样的事件出现在汝青的生活中，让她觉得很多事情绝不是偶然，生活中确实有些眼睁睁无能为力的东西。年轻时并不懂得这一切，只是时间会让你明白。

当然，一段时间后，事件就自然而然平息了，那个实习生远走他乡，她的男人又回来了，终究没有勇气打破正常的生活，责任和前程还有亲情，那是不能割舍的。因为那个男人并不是想挣脱生活的轨道，只是想透口气。他的生活太沉闷了，仅此而已。汝青的生活也恢复了从前的平静和不甘，继续前行。

汝青的叙述有些散淡和随意，但我听得懂，听得懂那种有些经历后的感慨和无痕，也就少了激烈，多了平和和包容。汝青最后说："我现在会想到递一杯热茶给我身边的男人，他也会在看电视时记得拥抱我一下，大家都累，多一点温情吧，生活会美好得多。"我想，如果我有女儿，我会在她很年轻春心萌动时给她讲汝青的故事，我会对她说："请你放过中年男人的无名指。他不过是别人家的一个有点疲倦的男人，这不是哪个女人让他变成这个样，只是时光，他的忧郁不是你的年轻所能懂的。所以也不是你能拯救的，所以请放过他的无名指。"

<<<

老方,要坚持要纯粹

老方告诉林乐,要做个有激情的人,但爱情只能当作爱好之一。

老方并不老,才三十出头,可是他们刚分到学校的小年轻都这么叫他。

林乐从重点大学的中文系毕业,却分来这么一所中学教书,实在不是林乐所想的。刚来时,心情怎么也好不起来。可是上班半个月后,遇到了友庆,林乐的心却平静下来了。友庆接近林乐的梦想,平静而温润,瘦高个儿,他是北师大分过来的,搞文学教研。

友庆和老方因为志趣相投,走得近。

老方那时候已分了个小两居,这个学校别的福利待遇不怎么样,可是地方大,房子环境倒还是不错。老方家在一楼,客厅窗外是高高的梧桐树,夏天非常凉爽安静。林乐喜欢老方家的客厅,整面墙的书柜,舒适的大藤椅。老方多多少少还保留了祖上书香门第的风范,家里很是清雅舒适。

友庆经常爱往老方家跑,林乐便借口也来老方家蹭饭吃。林乐想老方那么木讷随和的人,反正是看不出她的心思,一把很好的保护伞。

后来接触多了,才发现老方原来是一个很有激情的人。有一天晚上,月亮很亮,他们几个坐在客厅里闲聊,老方突然拉灭灯说:"我来给你们朗诵一段《荷塘月色》吧",老方清了清喉咙,开始踱着步昂着头读,林乐发现这么简单的东西一到老方嘴里就变得有味道了,月亮透过客厅的窗口照进来,老方的额头有些发亮,他完全陶醉了,直到林乐拉亮灯,大笑着叫了一声"老方",他还没有反应过来,在窗口沉吟了良久。

后来,林乐听了一次老方的公开课,才发现他上课就是这等模样,拿着一本书在教室里踱来踱去,一个形容词他都要分析一下,很有激情地讲着通感和叶子晒着太阳之类的画面,他喜欢在读完一句话时,比如"酣眠固不可少,小睡也是别有风味的",一边用嘴啧啧地称道:"这很有味儿",那个"味儿"拖得很长,好像口底留香,韵味无穷。偶尔发现有"学生"在底下玩,他会不经意丢一支粉笔头,好像侧面长了眼睛似的,然后目不斜视地继续念他的课文,动作很潇洒很流畅。

友庆经常去老方家,他说和老方聊天是一件有意思的事。于是,林乐也借口没地方吃饭,不想吃食堂,而老方家的厨房大,提出搭伙吃饭。老方是单身,当然是欢迎的。可是友庆好像对林乐也只是淡淡的,从未单独邀请过林乐。于是,他们成了三人格局。林乐买了友庆最喜欢吃的菜,做麻辣口条,老方吃得赞不绝口,直夸谁娶了林乐谁有福气。

林乐会吹口琴,有时吹着好玩,老方却能在边上很有兴趣地来一段朝鲜舞,一下子气氛就不一样了,让林乐吹琴也变成一件有意思的事。

后来,林乐从旁人那里听到老方的感情的事,他是有女人缘的男人,他也是"来者不拒"地和女人打成一片,是个命犯桃花的男人,但是很有分寸,从不出格。可这实在不是他的错。他说过,爱情只是他的喜好之一。其实说到底,他是从不为女人改变自己,很少有女人愿意跟他过这种他看来有滋有味的生活。

林乐在学校里暂时安心下来,她以为,她和友庆的感情会进一步。林乐仍不像老方那样有激情地去教书,她不知自己的兴趣在哪里。友庆成了林乐留在这里唯一的理由。

时间一天天地过去,转眼秋天来了,老方家的客厅弥漫着安静的黄昏,高大梧桐树的影子跌落下来,还是可以经常听到他即兴的吟读。他有时说着说着,还会爬着梯子上去很准确地找到一本书,翻到某一页告诉林乐,上某课时应该给学生讲一下这段背景,很有意思,这样讲课就不一样了。他的备课笔记做得很精彩,还随手画上一幅画儿。林乐开玩笑说:"老方,你可以给教授讲课了。"林乐讲课是不会这么用心的。按大纲讲完就完了,哪来这么多引申?林乐想,老方何苦花这么多精力?有时候,林乐很可怜老方,这一辈子用武之地就是这么个巴掌地了。不是因为友庆,她早离开这破地方了。

可是林乐错了,友庆反倒比林乐先走。他是被上调的，同时老方也受到了教育局的提升，可是老方拒绝了，他说他最喜欢的是教书，这是他的乐趣所在。每个人生活的重点不同，想法自然差别很大。看来，林乐都错了。

友庆要走了，老方请他们吃饭，在那间客厅里，又是一个黄昏，林乐没有说话，老方喝了一会儿酒，念了两句诗，就说想出去走走，让他们先吃。友庆低着头对林乐说："林乐，我们是朋友，一直都相处很好。我和老方都很谢谢你做的饭。"听到"我和老方"，林乐的眼泪不争气地就掉下来了。

友庆走了，林乐的心也空了，很长时间不去老方那儿，倒是老方主动叫了林乐去吃饭。他终于对林乐说了："你以为我看不出你对友庆的感情吗？我只当不知道罢了，感情的事是不能勉强的。人除了感情，一定要有自己的喜好，爱情绝对只能是喜好之一。你可以不喜欢当老师，但总得有一个能让你喜欢的事，年轻的时候可以犯一两次不由自主的错误，友庆并没有错，你也没有错，但旁观者清，别看很多人都笑我迂，但我清楚，我活得最自我，最放松。"

那一天，林乐有些赧然，老方是个聪明的人，其实对林乐来这儿的目的都很清楚。他已无数次提醒过林乐，可是林乐并不清醒。

那天和老方的谈话的确让林乐清醒了很多。林乐从老方那里拿了几本书，开始全心备课，并不是她的觉悟有多高，只是她需要忘掉失恋的痛苦。林乐把老方的劲儿学来了，激情投入，林乐发现投入做一件事时人是有愉悦感的，而这种愉悦感无可替代。原来当老师是一件极快乐的事，你完全可以自由发挥，那是一件极享受的事，没有人能限制你的心灵。林乐讲的课慢慢地受欢迎起来，学生评价林乐是最有味道的女老师。

后来，林乐倒是有几次主动去老方那儿吹口琴，老方依然喜欢来一段舞，或唱上一段，很放松。

一年后，在林乐被评为优秀教师时，老方说晚上有客人来，让林乐来吃饭。林乐没想到是友庆。原来，友庆和老方从未断过联系，只是林乐不知道。老方说得对，一个女人在有激情时才最美丽。一晃一年已过去了，林乐变化很大，友庆说林乐整个人的状态完全不一样了。林乐觉得和友庆是什么结局已不再重要，重要的是她找到了属于自己的激情生活。

只是，后来的一段时间，友庆来老方这儿的次数又开始多了，但有个前提，一定是林乐要在。

当然，一年后，老方娶了年轻的妻子，模样很漂亮，比他小很多，她喜欢听老方熄灯后在窗前念上一段儿，喜欢老方这种暗涌的激情，用她的话说，这样的男人是本世纪的最后一颗珍珠，不属于我属于谁呢？

<<<

惊天动地，抵不过一张舒服的笑脸

有时候，男人也脆弱，只是为了一张安静的笑脸就有活下去的勇气。

他只是在一次偶然的场合注意到她的。那一天，他很隆重地参加孩子的家长会。会前，几个妈妈在一起聊天。其他的妈妈都在谈孩子的学习，她却很随意地说起关灯后的生活。她说她特享受这段时光，关灯后，有时躺在孩子的小床上，拉开窗帘，月光照在身上，她唱童谣，唱很久远的大学时代唱的歌，真是一段无以复加的好时光。他很注意地看着她。不年轻，但很有味道。一群妈妈中她最特别，还有少女般羞涩的笑容，这是很难得的。舒服的笑容，一双笑眼。他一下记住了她。

再后来，一个偶然等着接孩子的机会，他们第一次聊天，话题也是孩子。他提到那次她说的月光下的歌谣，说很喜欢听到这样的话，现在很少女人很少妈妈有这种心情。她笑着说，她除了这种心情，没有别的。他也笑。他提起曾听到的新东方老总俞敏洪的一次演讲，俞说有多少家长曾带着孩子坐在未名湖边看月亮升起？有多少家长曾带着孩子到北京郊区躺在地上看满天繁星？又有多少家长带着孩子真正去看过银河呢？俞说他带着孩子看了很多次，还拿着高倍望远镜。有一次农历十五，他们一家在海边看月亮，坐了一个小时，有些凉了，他提议离开，而他女儿说不走，要看月亮再升到某个地方,结果一坐坐了三个小时,谁说孩子没有诗意,没有诗意的是成年人。他慢慢地讲,她很快乐地听,不时笑,说:"真好啊,我就喜欢这样。"

他们聊天,很自然很舒适,这是他第一次看到了一个不一样的女人,不是紧张谈论孩子学习的女人。而她,也是第一次听到一个男人谈起这样的话题,他是不一样的。他居然还是一家公司的副总,很难对得上号。他跟别的男人不一样,一有空,最好的放松方式不是去应酬泡吧,而是接孩子放学,然后带着他去湖边兜风捉昆虫吹风,享受父子俩的私密快乐。书本知识,有那么重要吗?他从不这么认为。

他们就是这样在偶尔几次孩子放学的路上碰到,然后心有默契地点头微笑,仅此而已。有一次,她的女友对她讲,春天来了,好想谈一场恋爱。女友已经年过四十,她笑了。她居然第一次想到了他。又摇头,奇怪,怎么会想到他,那个能和她谈夜色中看星星的男人。

两人真正有机会在一起长聊源于一个偶然。周日,送孩子去学校参加比赛。中间有两个小时空当,下了雨。他开车来,她打伞,穿灰色长衬衣,有点冷。他们在校门口遇到,他望着她笑:"两个小时,去我车上坐坐吧。"很自然,她点头。又笑了。

帕萨特的车,很宽敞,她坐副驾驶。雨还在下,空气中有一丝清凉湿润的气息。他开了音乐。好像是风笛《南来风》，很好听。她笑着扭头看他："怎么经常是你送孩子？很少男人这样。特别是开车的男人。"他笑："我接孩子次数不多，但每次都碰到你。我很幸运。"她也笑了，露出洁白细小的牙齿。他抬头看表："还早，带你去附近的一个地方。很不错。"

在这个城市，她也能常常发现一些隐秘的角落。一条背街的小路，雨在下，樱花满地，很清寂。她一下车就说："真好。我很喜欢。"他笑："很少人来这里，我喜欢很累的时候开车来这里，站上一刻钟。"这个角落没有人打扰。空气中有冰凉的气息。她突然问："你累吗？"他回过神来："你是第一个这么问我的女人。累？这个社会谁不累？孩子也累。所以有空时，我喜欢带他去放松，这是我们父子间的秘密。他妈妈对他很严格，一丝不苟。所以，有时间我就来接他，带他出去疯一下。来我发现的一些城市的角落。那一次，我还带着他躺在半山腰上看星星，太舒服了，一不小心睡着了。可笑吧。"她笑了："真有意思。这样挺好。"他顿了顿："我发现，你跟其他妈妈不一样。"她说："我对自己要求不高，对孩子也要求不高，我怕累啊。这是不能干的表现吧。"他笑："我喜欢你这样的。"又觉不妥："觉得这样当妈妈其实很好，自己放松孩子放松。起码可以让孩子接受关于女性最初的美学主义教育。现在的女人都太硬了。这不是好事。"她一惊,也是第一次听一个男人说这样的话,说到了她心坎上。她愣了一下,她教育孩子也是这样想的,她首先当一个好女人,温柔美好,笑意盈盈。而其他的,真的有那么重要吗?

一晃到了接孩子的时间,接到孩子,她说再见。他坐在车上,看她挽着儿子离去的温和侧影,她的一缕头发轻柔地垂下来,突然有一种感动。他发了一会儿呆,直到儿子说:"爸爸,你怎么了?"他笑:"走,爸带你去草场捉蜗牛去。"

大概有三个月,其间他去接了四次小孩,都没有碰到她。他突然有些失落。他的公司最近在外地设分公司,要一个牵头人,时间是一年。他报了名,只是因为那个临水靠山的小城市一直是他的向往,他想带着儿子去那个江边小城生活一段时间。青山秀水,儿子的童年可以有不一样的回忆,妻子自然不同意。他说,他的事业也能发展,而儿子,也会有一个不一样的童年,一年,对于学业来说不算什么,但对于孩子的一生有多重要。他相信,知识之外的见识和人生观更重要。他们大吵一架。他心情不好,心里想,换作她,她肯定是无比欢愉地答应,人跟人是多么不同。他实在不明白他错在哪里。他喜欢用青瓷比拟人生,人的心依然可以慢慢发出光泽的。

第四次没看到她时,他实在忍不住问她的孩子:"最近妈妈没来接你?"她儿子说:"妈妈病了,住院了,现在在家休息呢。最近都是姥姥在接。"

他心里一紧张,怎么办?开口说去看她?太不像话,太不合时宜。他心事重重地回到家,竟然坐立不安。

那段时间,他经常抽空去接孩子,只是为了早日看到她。那天,他终于如愿以偿,竟然大大松了一口气。她还是那么安静,只是瘦了一些,舒服的笑容是清凉的,冲着他点头笑。他发现她的头发长长了,她喜欢穿灰衬衣,很少见一个三十几岁的女人把衬衣穿得这样好看。他主动上去说话:"今天,我要带小宝去吃自助餐,正好有餐券,一起去吧。两个孩子也有伴。"她竟没有反对,说孩子要做作业要回家之类的话,说:"好啊。"她是从不扫兴的女人,随遇而安。

湖边的自助餐,树荫鸟鸣,亭台楼阁,两个孩子很是快乐。他们在一边聊天。他很喜欢跟她在一起的感觉,空气中的鸟语花香做伴。不可多得,平静舒适。他说了自己未来的规划,现在大城市已有膨胀饱和的感觉,空间有限,他想去小城重新发展一段,他自嘲自己居然还不知天高地厚想带孩子去,没想到,她脱口而出:"好啊,这多好。"她讲起自己一位同学的小镇生活。每天中午一家三口回家吃老妈妈做的饭,还可以睡个午觉,上学的上学,上班的上班。风景美,没有压力,骑个自行车,在风中歌唱,五分钟就可到单位,她很向往。她说改变一种想法其实是一念之间,但人还是容易从众。他突然很想拥抱她,这个女人总是让人想要怜香惜玉。她是那么的善解人意。任何一件事到了她嘴里总是云淡风轻。

他不知为何,很想向她要电话,可又开不了口。他装作随意地说:"小宝的作业老是漏抄,你留个号给我,以防万一。"她笑笑,很自然地写下手机号。他小心夹着放在钱包的最内里。

公司高层开会,气氛热烈而紧张,讨论一个方案,这个方案制订下来需要几个来回,他几乎每晚一两点钟睡,拼命抽烟喝咖啡,在深夜的办公室拉灭灯后坐在窗台上眺望城市夜色。他居然经常想起她,她睡了吗?那个女人的脸让他平静放松。

终于完结,方案全线通过。开完会,他彻底松了一口气,冲了一杯浓咖啡,拿出了钱包里的那个号,拿起电话又放下,又拿起;拨了一半又挂掉再拨,反复几次,一杯咖啡喝完,他终于下定决心,拨通了电话,她的声音响起,很轻缓。他顿了一下,说:"是我,突然想打电话,你好吗?"她笑了:"好,好久没看到你,很忙吧。"他们很自然地聊了起来,他说了最近的事,说了深夜灭灯后城市的月光,某天深夜开车去湖边发会儿呆,等黎明的到来……她听着,不时说:"累了就放松,别太勉强。我从不愿勉强自己。男人压力大,女人得多一张笑脸。要不全世界都紧绷绷的。"他在电话里真的可以看见她的笑脸。那张让男人舒服的笑脸。不知为何，他想起了最近偶然翻看的《海角七号》导演魏德圣的一本自传，写到他压力很大的那段时间，辗转到咖啡馆里写作，不为别的，只是为了看到咖啡小妹那张舒服的笑脸。在人群中看到一张令人舒服的笑脸，仅此而已，有时，男人也脆弱，只是为了一张安静的笑脸就有活下去的勇气。

聊了好久，不知是谁先说再见，这都不重要。他记住了这个下午，疲累一扫而光。他只是突然想开车出门，到湖边去唱一首歌，男人过了四十岁居然也有天真的一面。

他们依然只在偶尔接孩子时点头微笑，没有过多的言语，却是会心的，只有他和她知道。他的小城之行因为妻子的反对未能成行。

一年后的一天，下雨的午后，他在办公室里处理一桩纠纷，突然接到她的电话。他一惊，这是她第一次主动给他打电话。他的心居然怦怦跳。虽然这是不应该的。她只是说："今天有空吗？见个面。"他一愣，这不是她的风格。但到嘴边的却是："有啊有啊。"

虽然下午有个重要的会议，但会议可以推迟。管他呢，还有明天。见她是现在唯一。

他居然是狂喜，这太不像一个中年男人，一个公司的高层领导，一个孩子的父亲。可是他就是狂喜，很直接真实的感情。还是上次他带她去的位置。还是下雨，她撑着一把透明雨伞，看到他，仍然是笑："这里好安静。我很喜欢。"他那一刻很有拥抱她的冲动,但只能站着,远远看他。她转过头,轻轻地说:"我孩子要转学了,他爸爸调到了青岛,我们一家得搬走了。今天向你告个别。以后可能不会再有机会见着了。"很轻很轻,静得可以听得见细碎樱花瓣落地的声音。他愣住了,就这样走了。他的心里空落了个洞,没想到,在乎一个人可以在乎到心脏破洞,他是个没有资格的中年人。他什么也不能说,平静了一下:"这样啊,电话没变吧。"她笑:"我从来不换手机号,从用手机的第一天起。"那天后来说了什么,他已记不清。只知道她要走了。远离这个城市,到另一个城市的月光下和她的家人安静地生活。他能说什么?

  他突然就想送礼物给她,一个男人真的喜欢一个女人,第一个最原始的表达就是送礼物给她。他居然就想亲手做一个东西给她。很年少的时候,他对刻木工感兴趣,喜欢用木头雕成盒子做成手枪,还做过小板凳,他想为她做只精致的小盒子,可以装各种小东西,他知道她会喜欢。晚上,家人睡熟后,他开始在灯下做,戴着眼镜,一板一眼,像少年的心情,这份尊重只是为了那张舒适的笑脸。

  盒子做好后,她已离去。在另一个城市收到他用EMS寄过来的礼物,她的泪流了下来。她不知道,这种纯手工的东西花了他整整一周的深夜时光,但她知道其中的意义。她发了一张笑脸给他的手机……

<<<

去沙面看看你

那样安静的沙面下午茶,这时候,他们只是自己。

这个初秋的傍晚听到这样的故事,于我是一次精神的盛宴。

余林、文礼、小柯是故事的三个主角,他们曾是师大的同窗,都是快奔四十的人了。而这个故事最吸引我的是,女主角余林的家住在广州沙面,那个有殖民气息的广州老城区,每年的年底,在沙面,他们都要放一次烟火,三个人一起看一场烟火在珠江上开放。

余林年轻时很漂亮,是那种很有静气的美,不张扬。文礼曾经暗恋她,当然最后的结局是有始无终。小柯是文礼最好的朋友。三人都是文学社的成员。

余林的经历很坎坷,毕业后她嫁了一位高她两级的师兄,一位年轻的研究员,事业发展得不错,两个人感情非常好。可惜的是,先生在一次出差回来的途中意外车祸身亡。当时余林怀着身孕,由于悲伤过度,孩子小产了。在短短时间内,她经受了两次人生无情的打击。这些经历不说别人是看不出来的,只是熟悉余林的人才看得出她眼神背后的那种忧伤。后来,余林才知道,那段时间文礼和小柯经常通过女同学在暗处帮助她,但那时她沉浸在自己的悲伤里,并没有发觉。

事情已过去了好几年,余林依然单身,住在沙面这所先生家留下来的老房子里,结构很老,但是房子冬暖夏凉，空间很高，推开窗可以看到珠江水静静地流过。余林说她住在那里非常踏实，学校分了几次房，她都没有要，因为不想搬走。她一周去学校给学生讲几节课，另外的时间看书画画整理先生的书稿。大约50平米的房子被她收拾得绿意盎然，广州温热潮湿，非常适合栽花种草，余林的家几乎随处可见绿色的植物。傍晚，珠江上的风吹来，余林很喜欢家里的花花草草随风吹动的模样。余林读很多的书，熏染出来的气息让她显得很美，比年轻时更有风韵。

这么多年来，她和文礼、小柯断断续续有联系。但见面很少。那时，文礼和小柯都已结婚生子，各自事业上都发展得不错，文礼改行经商了，做了文化公司的老总，经营得还不错；小柯在机关，已升到正处级。8月，余林动了个小手术，在家休养。一段时间后，文礼听说了，约小柯一起去看望，余林的气色恢复得不错。那是他们第一次去余林家，沙面很安静。余林还是那么的静气，是一种女人在这个年龄极少呈现的美。

余林给他们冲好了茶，用的是从国外带回来的白色骨瓷茶杯，菊花姜茶，很是香浓。推开窗可以看到珠江，在窗前的小桌上，放着清幽的兰花。几个老同学难得的见面，大家聊起大学时代的事，兴致都很高。不知谁起头，不经意地读起了当年都喜欢的叶芝的诗："当你老了，白发苍苍，睡意朦胧地在炉前打盹，请取下这本诗篇/慢慢吟诵,梦见你当年的双眼/……"珠江边上的风吹过,三个人喝着茶,文礼和小柯享受着难得的精神盛宴。两个大男人在这个很现实的城市拼搏,处处收敛着自己,绝不是轻松的事,可是,在余林这间不足50平米的房子里,他们第一次那么地放松。

临走时,文礼对余林说:"如果欢迎,我们可以经常来喝喝你做的茶吗?"余林轻淡地笑笑:"你们一起来吧。"一语双关,意味深长。

一段时间后,文礼的公司出了一件大事故,一位职员由于工作失误,让合作单位很生气地毁约,一下损失很重,这样的事最后只有他承担。心情烦躁的时候,他一个人在珠江边散步,想起了沙面的安静和余林的小屋,如果能去那儿坐坐,也许心情会好些。他打电话给小柯,可小柯在外地出差,文礼最后还是放弃了去余林那儿,也不知是什么原因,可能是止于礼吧。

倒是几天后,余林打来电话,她听小柯说到了文礼的事:"今天来我这儿坐坐吧,小柯也来。"文礼放下电话,特别感动。那天下午,余林请他们吃素食宴,洁净的青蔬瓜果,小小的厨房,余林打开收音机煮饭,把西芹和土豆一起炒,大块新鲜的豆腐做鸡蛋豆腐花,把素豆芽炖出清淡的骨香,还用糯米圆子加入苹果粒做甜汤。窗外是灰紫色的云朵,收音机的音乐台正在播放90年代的经典校园歌曲,他们一起哼唱,朝西的厨房有长长的阳光拖下来,有人说,最好的朋友才会请到厨房里来。两个男人一边帮着择菜,一边和余林聊天,那样的时刻像是一副诊疗器,让文礼的心迅速平静下来。

余林自始至终没说什么安慰的话,只是平静地做饭淡淡地聊天,谈一些题外话,谈他们曾经在文学社里共同喜爱的文章,三个人一起轻轻地诵读。天色暗了下来,那一顿晚餐他们慢慢地吃,天黑下来,也没开灯,看着珠江上闪烁的夜灯,一顿饭吃了三个小时,文礼和小柯走出门时,余林靠在门框上微笑和他们告别。

以后的日子,好像是一种无形之约——每个月有那么一次,要腾出那么一个下午茶时间,在沙面,在余林的那间靠珠江边的老屋里,有一个三个人的下午茶。余林会变换着做一些可口的下午茶,她在家里种了薄荷叶、菊花、薰衣草,经常摘下薄荷叶放在茶水里煮一下,满屋都飘着薄荷的清香,还准备一些小点心、瓜子,三个人一壶薄荷茶聊上半天。当然,还有无意中的诵读。这样的年龄,也许正是梦想缺失的时候,可是每个人心中都有那些美好,有那些坚持,而在余林这里,正是唤起那些美好的时候,经过了这些时候,人才变得更能承担。那样安静的两男一女的下午茶,这时候,他们不再是单位的好员工,也不再是某个公司的老总,他们只是自己,曾经的温良少年,这样的轻松时日，这样洁净美好的时光。

　　余林很少有什么事会找他们帮忙，只不过有一次，她家里的漏水，临时找不到修理的电话，不知如何是好。她第一个电话是打给小柯，小柯在开会，她只得打给文礼，文礼开车赶过来，花了一小时弄好了，那时已到了傍晚，余林并没留他吃饭，只是悄悄买好了一些许留山的甜点，让他带回去给妻女，两个人在雨中告别。后来，在次月三人下午茶的时候，文礼说起这件事，开玩笑地说："余林是一顿饭都不肯请我的。"余林笑着说："小柯不在啊，缺一不可。"三个人哈哈大笑，那一天，外面下着小雨，沙面的古旧在那一刻变得特别的真实，余林刚学做了一道披萨，三人就着新鲜的咖啡，意犹未尽。

　　十二月底的时候，沙面到了放烟花的时候，那次三个人的下午茶，小柯提议："我们也放烟花吧。"文礼去买了一些回来，对着珠江燃放，天空姹紫嫣红，三个人拉灭屋内的灯，安静地看着烟花，对着彼此微笑，这一年过去，他们都到了四十岁。这样三个人的下午茶还将继续，那是他们生命中一个清凉的角落。

　　说故事的人以这样的画面结束了谈话，我却久久沉浸其中不能自拔，这是在这个浮躁的城市清净的故事，那样的男人女人，淡淡而交，喝茶聊天，缺一不可，不提供单独相处的机会，懂得节制和保留，清清淡淡，带着禅意，人世间的美好不过如此吧。

<<<

相约变老

生命中应该有两三个跨度二十年以上的朋友,如果有,又能是异性朋友,那么,你真的是幸运的人。

大概只有人到中年,才能理解弘一大师的四个字"悲欣交集"。

吴明是采采高中同学,大家都已人到中年,一直像朋友一样相处着。他已是局级,可是在采采面前,一下子就可以回位。只要听说采采回去,他会放下手里所有的要事,驾车到机场接采采,然后理理她的短发说:"又老了啊,小妹,怎么弄的,不要把自己弄得太辛苦啊。女人容易老的。对自己好点。"采采的眼泪只差没下来。你知道,见多年未见的亲人就是这种感受,会想哭。

采采爱吃的家乡菜早已订好了,采采喜欢见到的人早就在那恭候多时。扑面而来的都是熟悉舒服的气息。闻得见香气。采采只需带上嘴巴,随便吃开怀说。

饭毕,他们的项目就是一起去广场河边散步。这是中年人的娱乐,清明洁净。不是KTV和酒吧喧闹,而是一场心灵的SPA。你能想象吗?散步聊天,在风中讲自己的人生,抬眼看云。

那一天,黄昏,风很轻,天很蓝,还有天边的火烧云。吴明兴奋地谈起来:"我现在休息喜欢做的事是写书法,听戏,听人说人变老的标志就是喜欢听戏看古书好静,你说我是不是老了。不过做这些事让我真的很快乐。"采采也聊,她说她开始听京剧了,年轻时讨厌,咿咿呀呀地,那么烦,怎么现在就觉得那么好听呢,还有昆曲,真美。他们就这么散步,说话,天慢慢暗下来了。

十几年的一幕幕就像电影画面一样在采采眼前展开了……他们熟知彼此的第一丝皱纹是怎么长出来的。

那一年,采采回老家休产假。那时吴明刚被提拔当上处长,情绪很高,意气风发。整洁的暗条棉布衬衣干净服帖,黑色的麂皮系带鞋,眼神闪着小簇光芒,这是一个人自信的标志。他站在河边指给采采看"未来我的规划是让这个城市的交通更加通畅,环境变得更清爽,我想做点实事。比如带头环保,骑自行车上下班;比如出差不开车,减少开支;比如推行多植一棵树……我还有很多想法。"采采看到他眼里的小光亮。她很喜欢看他这时的样子,这大概是男人最好看的时候吧,他是采采认识多年的老友啊。而那时,采采刚生完孩子,整个生活乱了套,变得琐碎,人也胖了一圈,不修边幅。他说:"小心变怨妇啊。老了,男人不喜欢老女人的。"他恐吓采采,采采笑。他说的是真话。采采可不要变怨妇。他提醒采采要记得当年那个清瘦女孩深蓝棉布裙,齐眉刘海笑意盈盈的美好模样。"很春天。"这是他的话。

那一年,他三十二岁,采采三十岁。江南四月的春季,清明时节,空气中有温润的气息。河边的老房子要拆掉了。柳树发小芽了。

四年后再见到吴明。是采采出差途经家乡，小住了两天。他刚经历了一些变故。妻重病住院，事业受挫，竞争失利，没有得到很好的再提拔机会，曾经的踌躇满志进展并不顺，很多事不以人的意志为转移，有些想法永远只能是想法，实施起来并不易。他明显地老了，头上有了白发，转身的背影有些许佝偻的样子，衬衣有了皱褶，旧得有了沧桑，麂皮鞋蒙了灰尘，采采有些心酸，几欲落泪。对他，就像亲人。亲人是会怜惜的。他看到采采的样子，仍是笑，说："这几年过得不太好。这就是生活。面对现实啊。"他每天给妻煲鸡汤，老母鸡洗净用紫砂汤罐慢炖，香浓澄黄，有家常的香气，用保温瓶送到医院，抽时间多陪她，工作可以带到病房，总是熬得过去的。人生病，陪伴是最好的安慰。人到中年，事情多了起来。耐力也多了，尽力而为吧。想着他炖鸡汤的样子，采采回忆起这个男人，曾是那么自信过度的人，大学时经历了一场轰轰烈烈的恋爱，曾为了追求一个喜欢的女生，站在楼下月夜弹吉他这样的事都干过，打篮球时白衬衣特惹眼，曾经在女友出国后消沉了一个月，闭门不出，胡子拉碴。和现在的妻子结婚时有人提起前女友，吴明的脸色很不好看，硬硬地说："谁提她我跟谁急。"有些女人在心里是不能提的。但他感情专一，妻子婚后几年才生了儿子，两人感情稳定，他也顾家，收敛心性过起了日子，一心发展事业。这是他的男人准则。过日子要负责。逢山开路，遇水搭桥。永不放弃。而采采，却面临着生活的另一场考验，工作受挫，面临新的选择，她举棋不定，烦恼多得像围棋子儿。采采说这就是中年吧，不容易。那天，河边的阳光很好，秋天桂花的香气袭来，他们互相打气，采采推荐吴明看弘一大师的书，他喜欢书法，采采让他写弘一的诗词，"悲欣交集"是弘一临终时说的。他听了，顿了顿说："真是这样。"显然有喜悦感，他对采采说，不要勉强自己，女人还是要做自己喜欢的事，一辈子多不容易，不要把时间花在纠结上，这是女人容易犯的错，是啊，纠结。他说得真准确。的确，采采是纠结的人，一件小事就举棋不定，自己制造谜团，然后自己钻进去，出不来。障碍来源于她自身。他用几米的漫画告诉采采一句话：旋转木马挣脱束缚后还在原地打转，原来它忘了向前奔跑才是通向自由的唯一途径。吴明也用妻子的事提醒采采，人一没了健康，什么都没有了，纠结不如决定。也许是局外者清吧。那一次，采采突然明白了自己。他是如此了解她。采采回去后就做出了决定。内心慢慢地不再纠结，遇到纠结的事就对自己说快速决定，不要犹豫。跟着内心走。犹豫代价太大了，把时间花在烦恼上不值得。

那一天，采采记得河畔夏天的一泓翠绿和蝉鸣。时光是简静的。一切都会过去，而过去的值得怀恋的又将变得美好。真的是这样啊。

前年春节,采采失去了一个至亲的人,回乡奔丧,情绪十分低落。而吴明,孩子刚刚中考完,为选择中学他又多了几根白发,家里刚买了房,忙着装修的事,整个人都在上了发条全力冲刺的状态。显得很疲劳。精力大不如从前。采采笑着说:"老了。"采采发现,他已不再穿麂皮系带鞋。这一年,他近四十。采采说:"人生就是一个麻烦掩盖另一个麻烦了。'像一袭华美的袍,上面爬满了虱子。'真不容易。"他笑说采采还是那么文艺,不过总是有道理。他静静地说:"我还是想做点事。单位二级单位搞开发,我不想留在机关了,我想下去做点实事。我是学企管的,有这个能力。"是的,大学时代,他就很有经济头脑,喜欢琢磨市场规律,大学时就是跳蚤市场的组织者。采采极力支持,有想法一定要去做。采采谈起自己前不久独自出国了一趟,去了早想去的尼泊尔。这件事采采想了两年,终于做成了。原来就这么简单。这次出行的收获和体验前所未有,采采给吴明讲尼泊尔明净的天空和雪山顶上的阳光,讲她在寺庙前看到安详寂静的面孔,相由心生。生活再不易,只要内心平静就好了。它改变了采采许多,让她更了解生命。想到就去做,一定不会后悔。他说:"我明天就递请调报告,我已近四十了,再不做事,就真的老了。"

那天,河边风大,采采把自己严严实实裹在大衣里，细碎的雪花飘下来，采采的头发已长长了。

今年晃眼已是他们毕业二十周年了。再见他，他长皱纹了，但人很精神，风衣领子里露出的灰色棉布衬衣像一束光线，他的实业搞得风生水起，换一条路另起一行他又找到了感觉，眼神恢复了神采，他说："这人呐，如果有想法，做什么事就不一样。"他推行的政策和举措在企业里倒很容易实施，他遇到了一群做实事的人，如虎添翼，他说："采采，我怎么觉得这么有奔头呢。还干二十年没问题啊。"采采笑着说："再干二十年啊，你都成老爷爷了。"而采采，十年过去，早有了沉淀，她从不当怨妇，还是做个素心读书，随心而走的女人。她没有随大流送孩子去培优，坚持快乐才是生活唯一的目的，她喜欢一家人去草地野餐晒太阳。她珍惜每一个当下，从不想太多未来。采采有了越来越多可以交心的朋友。他说，采采在一帮女人中是最特别的。采采相信，他是真心话。这个散步时喜欢拿着石块打水漂的男人，喜欢穿棉布衬衣的男人，常常取笑采采："女人三十，豆腐渣。别那么较劲了。"老说诗情画意才是氧气的男人，却也是发自内心地认同采采。

河边柳树春去春又回，一年年逝去，路边的老房子拆了，又修了新楼。他们每每猜测路边房子里的灯光，想象一个故事。曾听里面的吵架声，如果按青春年少的想法，就会说："完了，又一个泼妇和懦夫。"

但现在,他们更能体会两个字:挣扎。相视一笑。他们在一起,不谈股票,不谈房产,只谈梦想。很多时候,人的内心总隐藏着那么一个柔软的角落。

悲喜交集,相约变老。问余何适,廓尔忘言。花枝春满,天心月圆。

<<<

禅心已失人间爱

把这部影片观后感附录在后,只是因为这是我最喜欢的爱情片之一,好的爱情片是不分年龄的,它深情得让人忍不住一再回眸。

三毛唯一的一部剧本《滚滚红尘》拍成了影片,我非常喜欢,都看过三遍了。这本书,也是一读再读,有一种乱世里的深情,这种深情无可替代。传言这部片子写的就是胡兰成和张爱玲传世的爱情。这是林青霞演得最好的一部片子,也许是剧本的魅力吧。

韶华和能才,一个富家小姐出身的女作家,一个替日本人办事的高级职员。当时能才的身份很微妙,也就是汉奸吧。乱世中两个人相遇了,有一个镜头印象特别深,韶华第一次见能才时,对着镜子用吹灭的火柴头仔细地描眉,感觉特别生动香艳;还有第一次能才请吃饭时,韶华把一块白桌布当披肩,在镜子前转圈左顾右盼,又是一次风华绝代。韶华最好的女友张曼玉演的月凤突然到来,月凤是很鬼灵精怪的女孩,两人像姐妹。那个镜头,两个人穿着棉布旗袍,一边一个牵着能才的手在湖边散步,杨柳依依,天高云淡,那一刻的现世安稳,月凤调皮地吃着糖炒栗子,欢快的表情,能才说:"这才像一家人。"画外音:"要是这一刻成为永远该多好。"这个男人在乱世中心里是阴郁的,知道这种美好不过是稍纵即逝。那个场景的美丽和伤感让我忍不住潸然泪下。

最经典的场景是在那个陈旧的木楼上,外面有老旧的海派雕花铁栏杆阳台,韶华和能才在分别前夕跳一支舞,背景音乐就是那曲有名的老歌滚滚红尘:"来易来,去难去。数十载的人世游,分易分,聚难聚,爱与恨的千古愁,……滚滚红尘里有隐约的耳语跟随我俩的传说。"罗大佑作词作曲,才气逼人,歌词写得入木三分。那种情怀淋漓尽致。韶华赤着脚踩在能才的大拖鞋上,两个人对视,慢舞,慢慢地移到阳台,韶华把能才送的红色的大披肩裹到了头上,遮住了视线,音乐在继续缓慢响起,这样的镜头让人永远难忘,因为到位因为深情因为欢喜和悲凉。"春日迟迟,女心伤悲。"美好的东西的确都是短暂的。

能才暂时避开局势一段后,韶华去找他,发现他为了安身立命,和一个农村寡妇生活在一起了。韶华伤痛地回来,因为能才她被抄家,只得搬到一个进水的地下室里,只有月凤来到她身边,两人抱头痛哭,月凤塞了一颗果子到韶华的嘴里说了一句:"心都叫狗吃了。"两人开始笑,笑着笑着又哭起来,那种悲恸和女人复杂的情绪让人忍不住落泪,屋外暴雨如织。爱情面前,男人图安稳,而女人却焚烧。

最后到了高潮部分,能才和韶华重逢,却又遇到他人告密。韶华让他离去到台湾,骗他说要一起走。在人潮滚滚中,两个拥挤着前行,在最后一刻,韶华把一直爱慕她的那个男人千方百计帮她弄来的船票递到了能才手中，抽身而出，泪如泉涌。这样的爱情，这样的分离，乱世中的滚滚红尘，除了感叹还有什么，我无话可说，在长夜里沉默好久。

《滚滚红尘》书里的一首词我极喜欢。几乎句句经典、深情，用在《滚滚红尘》中是再妥帖不过了。

> 楼高日尽，
> 望断天涯路。
> 来时陌上初熏，
> 有情风万里卷潮来。
> 推枕惘然不见，
> 分携如昨。
> 到处萍漂泊，
> 浩然相对，今夕何年。
> 谁道人生无再少，
> 依旧梦魂中。
> 但有旧欢新怨，
> 人生底事往来如梭。
> 醉笑陪君三万场，不诉离伤。
> 禅心已失人间爱，
> 又何曾梦觉。
> 这些个千生万生只在，
> 踏尽红尘何处是吾乡。